GW01549608

JE NE SAIS PAS DIRE JE T'AIME

Nicolas Robin est né en 1976, dans les Landes. Il est steward pour une compagnie aérienne et parcourt le monde. Il a déjà publié quatre ouvrages, dont *Roland est mort* aux éditions Anne Carrière.

Paru au Livre de Poche :

ROLAND EST MORT

NICOLAS ROBIN

Je ne sais pas dire je t'aime

ÉDITIONS ANNE CARRIÈRE

© S.N. Éditions Anne Carrière, Paris, 2017.
ISBN : 978-2-253-07349-9 – 1re publication LGF

« Il y a plus de génie dans une larme que dans tous les musées et dans toutes les bibliothèques de l'univers. »

Alphonse de LAMARTINE, *Graziella*

« Quand notre cœur fait Boum,
Tout avec lui dit Boum,
Et c'est l'amour qui s'éveille. »

Charles TRENET

1

Paris, tu l'aimes ou tu la quittes. C'est une injonction quotidienne pour qui se retrouve la joue écrasée contre la vitre d'un métro bondé, slalome entre les traces d'urine et les crottes de pigeons, se fait bousculer sur le trottoir par un type mal dégrossi. Paris est un tohu-bohu de klaxons, d'odeurs de friture et de pollution, où les gens affluent et se croisent, font semblant de ne pas se voir. Chaque jour, des milliers de Parisiens s'entassent dans les bus, échappent à la mort par asphyxie, entrent en conflit avec un chauffeur de taxi, décident de s'inscrire à des cours d'arts martiaux. Alors, bien sûr, la pharmacienne est là, grande consolatrice en blouse blanche des causes désespérées : à coups d'anxiolytiques, elle vous laisse penser que ça va aller mieux, elle vous fait tenir la route et repartir du bon pied, jusqu'au prochain carrefour.

Paris, c'est parfois difficile de l'aimer, alors certains la quittent définitivement. Ils font leur baluchon et s'expatrient loin, sur un atoll où il n'y a ni klaxons ni wi-fi, rien. D'autres la quittent temporairement, dans le sens où ils s'assurent d'avoir un billet de retour et une place près du hublot dans l'avion.

9

Francine est retraitée, et elle a choisi la seconde option. Bientôt, elle s'envolera vers la Floride pour fêter ses quarante ans de mariage avec Henri. Quand elle y pense, elle en a le vertige. Elle l'aime, son mari. Ensemble, ils prendront la route de Key West, emprunteront les ponts suspendus au-dessus de l'archipel, rouleront entre ciel azur et océan, dans le bleu jusqu'à l'horizon. Ensemble, ils vivent une très belle histoire d'amour.

Francine prépare son départ et vient faire renouveler son passeport à la mairie du 20e arrondissement. Une petite formalité, rien de stressant. Dans la file d'attente au guichet, elle vérifie son brushing à l'aide d'un miroir de poche. Coquette, elle est sûre de sa coloration blond cendré. La petite coiffeuse n'y est pas allée trop fort avec le sèche-cheveux. Francine est une retraitée dynamique qui n'a pas envie de ressembler à une vieille mémé. Elle est très appréciée dans son quartier, porte de Bagnolet, et considérée comme une voisine sympa car elle échange volontiers un bocal de ratatouille contre une botte d'asperges ou un pot de rillettes.

Elle referme son miroir de poche. Voilà venu son tour de se présenter au guichet. Elle s'avance, pimpante et réjouie, fière de sa coloration blond cendré.

— Bonjour, mademoiselle. J'ai besoin d'un extrait d'acte de naissance pour renouveler mon passeport.

— Votre nom ?

— Francine Fauret, née Poularmé.

— Un instant.

La dame au guichet brasse du papier, siffle un air populaire difficilement reconnaissable qui exprime sa bonne humeur.

— On ne délivre plus d'extrait d'acte de naissance, je vous donne une photocopie du registre
d'état civil.

Francine ressent un doux effroi : pour la première
fois de sa vie, elle va lire le texte de son entrée offi-
cielle dans la société. Elle avait toujours refusé de le
faire auparavant – par peur d'affronter le passé, parce
qu'elle n'aime pas les histoires qui commencent mal,
même si elles finissent bien. Elle consulte la fiche, voit
son nom de jeune fille et sa date de naissance, en 1945.
Juste en dessous figurent le nom et la date de naissance de sa mère. À l'emplacement réservé au père,
c'est vide. Rien d'étonnant, elle ne l'a jamais connu.
Un soldat de passage, un secret de famille bien gardé.
Le père de Francine est inscrit aux abonnés absents ;
sur le plan administratif, il n'existe pas. Cependant,
une date est précisée sur la fiche, d'une écriture mala-
droite. C'est une date que Francine ne connaît pas :
*Francine Poularmé, née le 21 février 1945 à l'hôpital
Tenon, reconnue par sa mère Micheline Poularmé le
21 mars 1945.*

Au guichet de la mairie, Francine en a le souffle
coupé. Sa mère ne l'a pas reconnue à la naissance,
elle a attendu un mois pour le faire ! Le jour du printemps, elle s'est souvenue qu'elle avait une fille et elle
est revenue à la maternité chercher le bébé, l'air de
rien. Francine a une bouffée de chaleur, même si ce
n'est pas jour de canicule. Elle lit les dates encore une
fois. La fournaise l'abandonne et laisse place au ver-
glas. Tout à coup, elle frissonne.

— Ça va, madame ?

— Oh, ce n'est rien, juste un retour de méno-
pause.

La dame du guichet lève les yeux au ciel parce
qu'elle en voit tous les jours, des bonnes femmes
farfelues avec des problèmes existentiels. Francine
affiche un sourire forcé. Elle ne peut plus rester
debout face à cette vérité qui lui éclate à la figure.
Elle inspire un grand coup pour trouver l'élan de se
retourner et de partir en courant, et décampe vite
fait, sans dire au revoir à l'employée de l'état civil qui
ne supporte plus ces bonnes femmes impolies.

Sur le parvis de la mairie, une larme coule sur sa
joue et creuse un sillon noir. La mise en plis tient
le choc mais le maquillage est foutu. Dans sa main,
Francine froisse le passé imprimé sur une fiche. Le
soleil lui caresse le visage mais il est de maigre consolation. Soixante-deux ans après sa naissance, à l'âge
où l'on est présumé atteindre la sagesse, Francine
découvre une réalité aussi tranchante qu'un couteau
à huîtres. Micheline, sa maman aux yeux verts, ne
voulait pas d'elle au point de l'ignorer méchamment.
Et elle n'est même plus de ce monde pour s'expliquer
ou justifier son acte.

Sur le passage de Francine, les pigeons s'envolent
et les abeilles vont butiner ailleurs. Elle se précipite
vers son mari, assis sur un banc de la place Gam-
betta, la tête dans les nuages qui planent au-dessus de
la fontaine du grand rond-point.

— Viens, Henri ! On rentre à la maison !
— Ça va, ma chérie ?
— On prend le bus, dépêche-toi !
— Alors on part bientôt en Floride ?

— Je n'ai pas la tête à voyager !

— Qu'est-ce qui se passe ?

Francine a les larmes aux yeux, comme si elle était inculpée d'un crime qu'elle n'avait pas commis. Elle a demandé une fiche d'état civil et c'est un champ de bataille qui s'est ouvert devant elle.

— J'en ai marre d'être une fille de boche !

2

Juliette trouve que la chaussure de marque allemande, c'est fiable. Du moins, elle arrive à s'en
convaincre et à en persuader les autres. Toute fluette
dans son tailleur gris synthétique, elle vend des
chaussures neuf heures par jour dans un grand magasin parisien. Elle présente des modèles antichocs et
confortables. Elle attire l'attention du client sur la
haute technicité et pointe du doigt la finition. C'est
elle qui dit : « C'est parfait si vous avez les pieds sensibles. » Et, normalement, il est séduit. La chaussure
de marque allemande résiste à toutes sortes de traite-
ments. Elle ne vous lâche pas au bout de deux mois,
même quand vous freinez à vélo avec les pieds. C'est
le dernier argument que Juliette met en avant si le
client résiste. Ensuite, la balle est dans son camp.

Quitte à choisir, elle aurait préféré vendre des
chaussures de marque italienne, plus élégantes, plus
effilées, qui invitent à l'insouciance, à l'oisiveté, à la
dolce vita. Mais le chef de rayon en a décidé autrement. Il l'a positionnée sur le stand de la chaussure
de marque allemande, et Juliette tente d'amadouer le
chaland en prêchant le bien-fondé de la semelle anti-
dérapante.

Ce n'est pas la vie dont elle avait rêvé. Elle a plus de trente ans, n'est pas mariée, n'a pas d'enfant et aspire à un autre avenir – se téléporter vers un autre étage, changer de produit, et surtout ne plus travailler avec Claudine. Juliette a un problème avec sa collègue car, il faut l'avouer, Claudine n'est pas le genre de personne avec qui on se fend la poire. Sans âge, elle a la voix enrouée, les cheveux longs, blancs, attachés en queue-de-cheval, le visage terne, rongé par les rides. On dirait un vieux druide. Elle est à deux doigts de la retraite, ne supporte plus la déontologie du commerçant et le fait bien sentir aux clients. Quand on lui demande : « Avez-vous ce modèle en 38 ? », elle prend plaisir à répondre : « Vous me courez sur le haricot ! » Ce qui, évidemment, peut surprendre. Et quand vous insistez, elle vous plante au milieu du stand et se réfugie derrière la caisse pour picorer des morceaux de gruyère. Tout le monde ici l'appelle « madame Claudine », parce que c'est le dinosaure du magasin et que ça force le respect, quand même. Ensuite, madame Claudine ne décolle pas de son siège du reste de la journée. Elle prend le large à 18 h 50 en faisant un signe de la main, parce qu'il faut bien dix minutes pour rejoindre la sortie.

Juliette espère que la roue va tourner, qu'elle obtiendra un poste de chef de stand, une situation à la hauteur de ses compétences, puisqu'elle a un BTS management des unités commerciales ; ce n'est pas rien, ça devrait la mener haut, loin de madame Claudine en tout cas. Elle n'a pas envie de finir comme cette vieille fille qui ronchonne et rentre toute seule chez elle le soir, sans même un chat qui l'attende.

Dans un miroir du magasin, Juliette traque l'apparition des cheveux blancs. Aucun, du moins pas encore, rien qui l'apparente de près ou de loin à un vieux druide. Elle n'aime pas ses cheveux, qu'elle trouve trop fins et qui font des queues de rat quand elle les attache. Elle n'aime pas son nez en trompette, qui ne ressemble pas à celui des actrices mariées à des champions de Formule 1 ou à de riches princes héritiers. Elle se trouve globalement trop maigre, avec des seins petits et des fesses plates. Elle n'a pas l'apparence pulpeuse d'une vendeuse de chaussures italiennes, c'est sûr. Sur ce stand, les filles sont habillées en tailleur rouge carmin, une couleur sanguine qui insuffle une chaleur toute latine ; elles ont de longs cheveux soyeux et un grain de beauté sur la lèvre supérieure. Liées par une complicité qui les fait éclater de rire plusieurs fois par jour, elles virevoltent avec l'assurance que procurent une cambrure de rêve et une poitrine généreuse.

Et Juliette se retourne sur madame Claudine, qui s'arrache une croûte capillaire.

Le grand magasin est un havre lumineux où rien ne dépasse, tout est codifié sous les lampes halogènes, les guirlandes étincelantes qui mènent le client jusqu'à la caisse. Chacun y joue son rôle et entre dans une case. Juliette est cantonnée à la chaussure de marque allemande, c'est bien dommage. Elle a plus de trente ans, pas mariée, pas d'enfant, aucune relation amoureuse avec un Monégasque fringant, et un rapport compliqué avec le miroir.

C'est un client qui l'arrache à la contemplation de son reflet déprimant, un businessman en costume bleu marine, pressé. Il veut remplacer ses vieux mocassins par cette paire de chaussures en cuir de couleur noix, une chaussure qui accroche bien la route et s'adapte à tous les quotidiens, une chaussure de gagnant. Vite, il faut faire vite, le temps c'est de l'argent. Bien sûr, tout de suite ; avec un sourire forcé, Juliette s'exécute. Au fond du stand, à la caisse, madame Claudine termine sa grille de sudoku. Le client s'assoit sur la banquette et Juliette pose un genou à terre, mettant en exergue le produit à l'ouverture de la boîte.

— C'est un modèle parfait si vous avez les pieds sensibles.

— J'ai pas d'problème avec ça !

Il se met en chaussettes, croit bon d'étirer ses orteils, et là, c'est le drame. Car s'il n'a pas les pieds sensibles, il apparaît clairement au nez de Juliette qu'il a les pieds qui puent. Dans un réflexe de survie, elle détourne la tête, fuyant l'odeur nauséabonde qui agresse ses narines. Ce n'est pas le premier client qui souffre d'une sudation excessive de la voûte plantaire, et ce ne sera pas le dernier. Elle laisse le businessman enfiler ses chaussures de gagnant et débattre si ça va, ou pas. Elle n'a aucune intention de le contrarier. Elle espère qu'il repartira vite fait. Accroupie, elle maintient sa torsion du cou sur le côté, ce qui place son regard juste en face de madame Claudine, laquelle se débat derrière la caisse avec une crotte de nez.

Ce n'est pas la vie dont Juliette rêvait. Elle reste en apnée, cherche du courage en songeant à un avenir meilleur. Ce soir, par exemple, elle prendra une douche chaude, se fera une salade avocat-crevettes et regardera une rediffusion de *Dirty Dancing* à la télé.

3

Ce soir, Joachim passe à la télé. Il n'a pas l'habitude et il est venu tel qu'il est, avec son maillot de handball et ses baskets usées. Look sportif de la tête aux pieds. Complètement cool. Il est venu aussi avec le monosourcil qui surplombe ses yeux et lui confère un aspect de révolutionnaire farouche. Le monosourcil n'est pas évident à assumer ; c'est un peu comme le nez cassé ou les oreilles décollées, on ne peut pas dire que ça aille à tout le monde. Pourtant, Joachim a tendance à bien le vivre. Il n'est pas pour l'épilation masculine ; les soucis esthétiques et les phénomènes de mode, il s'en tape. Il est fier de sa pilosité. Il a des muscles et des poils, un vrai mâle.

Ce soir, il est invité à participer à une émission où les gens se laissent aller à certaines confidences, se crient dessus ou se lancent des chaises à la figure. Ils se regroupent sur des canapés pour lâcher une annonce du plus bel effet : « Je ne supporte plus ta mère », ou « Je veux me faire élargir le pénis », ou « Je m'appelle Jean-Françoise et je vous emmerde ». Forcément, Joachim se demande ce qu'il fait là. Lui, il mène une vie tranquille ; salarié d'une auto-école, ses hobbies sont le sport et les documentaires

18

animaliers à la télé. Il a le poitrail robuste et la physionomie d'un dur à cuire, mais une sensibilité exacerbée devant la naissance d'un éléphanteau, et il versera une larme si on abat une brebis devant son agneau. Il n'a pas l'intention de faire l'amour avec sa belle-mère ni de procéder à une ablation des testicules. Dans ce cas, qu'est-ce qu'il fait là ?

Joachim ne se pose pas trop de questions en général, pourtant il a conscience que quelque chose ne tourne pas rond. Sa copine a quitté l'appartement en emportant toutes ses affaires, même son Babyliss de voyage et ses disques d'Enrique Iglesias. Il aimerait bien obtenir une explication, alors il est venu sur ce plateau de télévision, puisqu'elle l'y a convoqué sans lui laisser la possibilité d'en discuter au téléphone. Il aimerait aussi savoir ce que fait son pote du handball, assis sur ce canapé jaune en face de lui, un peu balourd, pas très causant. Pour Joachim, ça pue.

C'est la première fois qu'il passe à la télé, et il n'est pas très à l'aise devant ce présentateur aux cheveux grisonnants qui a abusé de l'autobronzant. Il fronce le monosourcil dans un moment d'intense réflexion, ce qui lui confère un regard de beau ténébreux. Le présentateur de l'émission se rend compte que Joachim a l'œil noir ravageur, un truc à faire tomber les filles, accrocher les téléspectatrices, faire de l'Audimat. Le public se tait, la caméra tourne. Que le spectacle commence.

— Bonsoir Joachim, vous avez trente-deux ans, vous êtes moniteur d'auto-école, et vous ignorez pourquoi vous êtes là ce soir.

— Bah ouais !

— Alors vous avez une fiancée et il paraît qu'elle a déserté votre appartement ?

— Voilà, c'est ça.

— Donc, en ce moment, entre vous, on ne peut pas dire que ça aille très fort.

— Euh... non, pas trop.

Joachim se mord la lèvre inférieure. Il n'apprécie pas de passer pour un guignol, il aime qu'on lui foute la paix. Le présentateur de l'émission lui fait une risette et sourit à la caméra en dévoilant sa dentition blanchie au laser, qui tranche avec son teint couleur carotte.

— Regardez cet homme assis en face. Vous le reconnaissez, vous jouez au handball avec lui, vous le considérez peut-être comme un ami ou un frère.

Joachim fronce le monosourcil car ce type est juste un pote à qui il passe le ballon sur le terrain. Ce n'est ni un ami ni un frère, juste un camarade de jeu.

Le présentateur de télé fait du zèle. Il continue à sourire de trois quarts face caméra, un coup d'éclat avant le coup de grâce.

— Eh bien, cet ami a quelque chose à vous révéler ce soir, une information importante.

Joachim croise les bras et s'attend à une révélation du genre : « Je suis routier et drag-queen », ou « Je suis fétichiste des pieds », ou « Je suis fan de Luis Mariano et je vous emmerde ». Tout ça ne ferait pas vraiment basculer sa vie en direct à la télé, mais bon, si ça soulage son pote. Le public laisse entendre quelques raclements de gorge. Le handballeur prend la parole :

— Bah voilà… fallait que je te dise… j'ai rencontré une meuf.

— Ah ouais ?

— Une meuf bonne, franchement cool.

— Et alors ?

— Bah, en fait… c'est ta femme, quoi !

Le public pousse un « Oooh ! » d'indignation et Joachim est plaqué sur son siège sans pouvoir dire un mot, les yeux hagards, les mâchoires contractées, pas content du tout. Le présentateur se penche vers lui avec la virtuosité d'un bourreau.

— Joachim, vous êtes en colère, car il y a des vérités qui anéantissent un homme mais qui le mettent aussi face à son destin. Et maintenant, je vous propose d'accueillir celle par qui le scandale arrive, votre fiancée !

En jean taille basse et string rose qui dépasse, la copine de Joachim débarque sur le plateau avec une allure que les spectateurs qualifieraient plus communément de « vraie pouffe ». Le sourire carnassier, elle salue le public qui la siffle ou la hue, s'installe sur le canapé jaune, pose la main sur la cuisse du pote de handball. Joachim regrette de ne pas être resté chez lui devant un documentaire sur la saison des amours chez le martin-pêcheur. La fiancée croise les jambes, rejette ses cheveux en arrière, fière, invincible.

— Bonsoir, vous vous appelez Mélissa, vous êtes esthéticienne. Vous êtes en couple avec Joachim depuis cinq ans, et ce soir vous avez des choses à lui dire.

— Ça, c'est sûr !

— Allez-y, il vous écoute.

Le public contient son agitation. Joachim est calé dans son siège. Il contemple celle qui lui a fait installer une barre de pole dance dans le salon, celle qui lui faisait la guerre pour qu'il épile son monosourcil, celle qui est partie sans un mot. L'esthéticienne vérifie que la caméra est bien sur elle, s'exprime d'une voix nasillarde et tranchante comme le verre.

— Faut que j'te dise que grosso modo j'en ai marre de toi ! Déjà, tu ronfles et tu laisses traîner tes chaussettes sales, c'est super pénible ! J'en ai ras le bol des girafes et des pandas à la télé, moi j'ai envie d'en voir en vrai ! En plus tu bouffes que des pâtes tandis que moi je suis sans gluten, ça l'fait pas, tu vois ! Je suis lassée, alors j'ai pris mes cliques et mes claques et je reviendrai pas ! J'espère que tu m'en veux pas, quoi !

Le public lâche un « Oooh ! » de stupéfaction. Joachim ne digère pas les propos qu'il vient d'entendre. Il doute de pouvoir rester fort et digne, alors qu'il se fait larguer en direct à la télé par la fille avec laquelle il vivait depuis cinq ans. Il est blême, presque cadavérique. La caméra savoure la détresse de son invité. Elle cadre son visage en gros plan, n'en laisse pas perdre une miette au spectateur.

4

Assis devant son poste de télévision, Ben se sent très con. Il pourrait investir son temps libre ailleurs, à un cours de trampoline ou de rock acrobatique par exemple, toute activité qui fende l'air et contribue à oxygéner ses neurones. Il se sent con d'être happé par une émission où les gens se charcutent sous l'œil de la caméra et les applaudissements d'une foule qui en redemande. Il se désespère et envisage de griller une cigarette. Il se l'avoue quand même : il a flashé sur le type au monosourcil qui se fait lapider en direct. Ce type a du feu dans les yeux, les épaules carrées, un maillot de sport qui laisse deviner sa musculature. Il ressemble à un acteur de film d'action qui déchirerait son débardeur avec les dents pour faire un garrot en plein désert du Colorado.

Ben fantasme en toute discrétion : à côté de lui, dans le lit, son mec somnole, assommé par ce qui se trame à la télé. Il n'a aucune empathie pour ceux qui se font larguer devant des milliers de téléspectateurs. Aucune empathie pour le monde qui l'entoure, en général.

Ce soir, Ben ne voulait pas regarder la télévision. Il voulait que son mec se jette sur lui et lui arrache son caleçon. Il avait envie de faire l'amour comme il y a sept ans, comme quand ils étaient étudiants, comme au premier jour. Depuis combien de temps n'y a-t-il pas eu de sexe entre eux ? Des jours, des semaines, des mois peut-être. Alors Ben tourne en rond dans son appartement et se sent triste, à vingt-huit ans, de projeter sa libido sur un écran de télévision. Son mec s'est endormi en chien de fusil. Totalement inactif dans la journée depuis qu'il est au chômage, il n'est même pas opérationnel le soir. Fini les massages, les élastiques de slips qui claquent ! Ben oublie sa tristesse en regardant celle des autres, et ce soir il assiste à une tuerie de premier choix. Ce beau brun sportif est victime d'un jeu de massacre. Le gros plan sur le présentateur aux dents étincelantes et au visage orange confirme la monstruosité de l'émission. Ben change de chaîne. Il quitte la corrida humaine et zappe aussitôt.

Ailleurs, un autre combat est déjà entamé. Au journal télévisé, les candidats à l'élection présidentielle s'affrontent à coups de déclarations cinglantes. Ben reçoit l'info comme elle vient. Dimanche prochain, tout le monde ira voter. Absolument tout le monde. On va se rassembler devant les urnes et élire celui qui mènera la nation vers le grand changement. On va tous faire un pas ensemble, et le lendemain ça ira mieux, le lendemain sera le jour du renouveau. Les candidats annoncent leur programme, proposent des réformes, promettent ce qu'il faut, prédisent le pire si le concurrent est élu. Ils ne sont pas là pour rigoler. Ils fulminent derrière le micro, se querellent d'un doigt accusateur, pètent un câble si nécessaire.

Personne ne fait de courbettes. Chacun avance des chiffres, des pourcentages, des résultats d'enquêtes qui disent vrai. Les deux candidats à l'élection présidentielle restent bien peignés, campés sur leurs positions. Ce soir, tout le monde s'engueule à la télévision.

— Tu préfères regarder ça ?

Ben interroge son mec mais l'autre ne lui répond toujours pas, parti loin aux pays des rêves, aux antipodes de la politique. Rien ne l'excite, rien ne l'amuse. Ben l'observe quelques instants dans l'obscurité. Il se sent abandonné. Le compte à rebours vers la rupture a commencé.

S'il ne fait pas de choix en politique, Ben sait que la politique fera des choix pour lui. Pourtant, il décide de faire taire les candidats à l'élection présidentielle et éteint le poste de télévision. Aucun d'entre eux n'électrisera sa vie de couple, et pour lui ce serait ça, le grand changement. Assis au bord du lit, Ben n'a pas de convictions politiques, il ne s'en remet à aucun credo, ne croit plus en grand-chose. Il est dans la pénombre, seul avec son spleen et son mec qui dort. On est peut-être seul sans Dieu, seul sans un président ; on est surtout seul sans son amoureux.

L'appel de la cigarette, plus fort que tout, l'attire à la fenêtre. Il regarde la lune dans l'encadrement, fait craquer une allumette tout en se penchant au-dehors. Cinq étages, c'est haut. La fumée se dissipe au-dessus des jardinières. Dans le ciel à basse altitude, un avion vole en approche vers le nord de Paris. Ben met du désordre dans ses cheveux bruns bouclés. Il rêve d'évasion, de voyage, de grand changement.

— On ira au Costa Rica ?

Au fond de la chambre, le corps lourd et endormi, son mec ne répond pas. Il ne donne aucun signe de vie.

5

Francine ronge son frein devant son poste de télévision. Elle n'a pas envie d'exploser au milieu du salon, devant son mari qui regarde les hommes politiques se contredire devant un magma de bleu. Elle contient sa colère, la guerre, sa mère qui dort au cimetière, qui est partie sans lui dire la vérité, sans qu'elle sache qui était son père, un Allemand de passage pendant la Seconde Guerre mondiale, un soldat égaré, l'amant d'un soir… Et les politiciens s'agitent sur leur chaise, accusent, désavouent, se prennent le chou. Ils se lancent des paroles aussi belliqueuses que des grenades, qui éclatent à la figure de leur adversaire et font du bruit dans la tête de Francine.

Si sa mère ne l'a pas reconnue à la naissance, alors qui l'a serrée dans ses bras ? Une infirmière, une bonne sœur, une adolescente en mal de vivre qui chantait du Édith Piaf sur le parvis d'une église ? Une enfant de la guerre, c'était le poids de la honte dans la famille. Aussi jolie que naïve, Micheline était une fille mère à qui on n'avait pas expliqué la sexualité ni ses dommages collatéraux : les ventres qui s'arrondissent mais pas toujours au bon moment, les bébés qui poussent comme des fleurs au printemps. La fille mère était répudiée de tous côtés, par les amis, le voisinage, la société en général, et cela comprenait blanchisseuse, télégraphiste, rémouleur, remplaceur de quilles, tous ces métiers d'antan qui rassemblaient beaucoup de gens. Enfant de la guerre, c'était la plaie, le fléau, et ce n'est pas avec ce statut que Francine aurait voulu démarrer dans la vie. Alors, elle rumine dans son fauteuil tout en croquant une pomme – ça combat le diabète et les maladies cardio-vasculaires. Elle compense : si elle n'est pas bien née, elle essaie de se maintenir en bonne santé.

Ce soir, elle a envie d'entendre parler d'amour, des mots doux qui font du bien, mais Henri est concentré sur le débat électoral, sur les deux candidats à la présidentielle qui se regardent en chiens de faïence. Personne n'est là pour faire un bisou à l'autre. Sans pitié, chacun cherche à faire trébucher son adversaire ou à balancer une boule puante sous sa chaise.

Francine n'entendra pas de mots doux ce soir, alors elle croque dans une pomme.

Elle est retraitée, impliquée dans la vie de son quartier, porte de Bagnolet, la campagne à Paris, un bol d'air pur. Elle pratique la marche à pied, conserve de la ratatouille en bocaux stérilisés, aime la famille qu'elle a fondée. Elle s'était juré de donner ce qu'elle n'avait pas reçu, et elle y a réussi. Un jour, après plusieurs fausses couches, plusieurs espoirs contrariés, elle a eu un fils. Elle l'a élevé avec beaucoup de tendresse. Il a grandi et vit sa vie d'homme à présent. Une maman, ça accouche dans la douleur, ça nourrit au sein, ça fait des plans quinquennaux, ça éduque. Une maman ne dort que d'une oreille, elle veille au sommeil de son enfant. Une maman, c'est déjà un président. Francine en est convaincue, c'est une femme qui devrait conduire la nation. La femme est le berceau de l'humanité, c'est elle qui fabrique les citoyens dans son ventre, c'est elle qu'on dessine sur les timbres-poste, elle, l'allégorie de la République. Henri, pour sa part, n'en est pas persuadé. Il est plutôt du genre à dire « Femme au volant, mort au tournant ». Il respecte les femmes en général, il aime la sienne, mais les réformes constitutionnelles, les lois et les règlements administratifs, les relations internationales, la croissance du PIB, c'est une affaire d'hommes.

Francine termine sa pomme. Les grands discours politiques et les sondages en temps réel, ça l'ennuie. Le grand changement, elle en veut. Déjà, elle espère ne plus trouver d'organisme génétiquement modifié dans les lasagnes surgelées.

Ce soir, elle a envie d'entendre parler d'amour et son mari ne lui propose qu'un débat électoral. De toute façon, sur les autres chaînes, il n'y a que des conneries.

6

À l'écran, Joachim a les mâchoires serrées et le monosourcil froncé. C'est tout son orgueil de super mâle qui est mis en morceaux. Il aurait envie de tout casser sur le plateau de télévision.

— Non mais c'est pas vrai !

— Écoute, je suis désolée mais c'est comme ça. Je suis amoureuse d'un autre, ça arrive.

— Mais pourquoi tu m'as fait venir ici ?

— Parce que j'aime bien cette émission et que j'avais envie de passer à la télé ! J'ai des choses à dire, voilà quoi !

Mélissa est heureuse d'être ici, fière d'avoir atteint le Graal, d'être enfin un personnage public tout en string rose qui dépasse et en projection de cheveux derrière l'épaule. Elle largue Joachim pour un autre handballeur, espère un jour être en couverture de magazine, avoir sa propre ligne de lingerie fine, se déplacer uniquement en limousine. Et Joachim ne comprend toujours pas ce qui lui arrive. Il n'a esquivé aucune attaque, s'est laissé percuter en plein cœur, au visage, et même en dessous de la ceinture. Il tombe de haut et s'écrase sur ce plateau de télévision.

Jusqu'à présent, tout allait bien pour lui. Le boulot, le handball, la bière du vendredi soir. Ils vivaient ensemble, Mélissa et lui, faisaient l'amour comme on fait une séance de sport, se lovaient dans le canapé pour regarder un documentaire animalier et refaisaient l'amour ensuite, parce que c'est beau, parce que c'est la nature. Jusqu'à présent, Joachim ne remettait rien en question. Il mangeait des escalopes de dinde ; elle, des salades d'endives. La vie suivait son cours, rien ne venait perturber le quotidien d'un moniteur d'auto-école et d'une esthéticienne. Ils avaient des buts à marquer, de la *French manucure* à faire. Et puis, un jour, elle n'a plus voulu regarder les documentaires animaliers ni faire l'amour. Elle l'a laissé tout seul sur son canapé et s'est absentée pour sortir avec des copines, boire des cocktails entre filles, des « piñas coladas » jusqu'au bout de la nuit. C'était un premier pas vers la rupture. Un autre jour, elle a cherché le conflit pour un rien, pour un paquet de céréales mal fermé, pour du linge sale qui traînait roulé en boule au pied du lit. Elle a envenimé la situation avec des broutilles du quotidien. Dans la foulée, elle a repris toutes ses affaires et elle est partie en furie, abandonnant Joachim ahuri devant un documentaire où une antilope se faisait bouffer par un crocodile. Alors il a appris à s'endormir seul, à s'occuper en soirée, à regarder des films d'horreur sur des gens qui avaient l'idée saugrenue de bâtir leur maison sur un ancien cimetière indien. Et voilà que, ce soir, il découvre qu'elle le trompe ouvertement avec son pote du handball, un truc qu'il n'a pas vu venir, un truc qu'il ne peut pas croire, parce qu'une fille ne lui a jamais fait ce coup-là. Elle orchestre tout ça en direct à la télé et Joachim se laisse prendre au piège comme un petit lapin !

Le public est debout, pousse des cris, encourage les deux handballeurs à en venir aux mains. Une bonne bagarre ferait plaisir à tout le monde. Le scandale ne suffit pas, il faut du sang. Et le présentateur trône au milieu de tout ça, médiateur et metteur en scène de cette barbarie sentimentale.

— Oui, Joachim, vous êtes un homme meurtri, un homme blessé, comme un chien abandonné sur le parking d'un supermarché…

— Ferme ta gueule !

Il s'énerve brusquement en se relevant de son siège. Il a du poil entre les deux yeux et la nuque courbée, comme un taureau sur le point de charger. Il est debout, humilié, les poings serrés. La caméra se rapproche de lui. Elle aime son nouveau héros, un grand gaillard qui n'a jamais imaginé se prendre un uppercut d'une femme à une heure de grande écoute, un homme qui marche sur une planche pourrie et qui va avoir du mal à se relever. C'est pathétique et authentique. Cruel à souhait. C'est de l'Audimat, c'est de la télé. Il faut bien concurrencer le débat électoral sur les autres chaînes.

— Non mais tu vas pas me laisser comme ça !

— Désolée, Joachim, c'est dur à entendre mais tu vas t'y faire.

— Mais je croyais qu'on était heureux ensemble.

— Bah non ! J'en avais ma claque de ramasser tes chaussettes sales, et en plus j'ai jamais pu blairer ton frère !

Mélissa a trouvé sa place et son créneau : scandaleuse télévisuelle. Elle pourrait jouer une méchante dans une série où on la verrait boire du champagne en monokini, les cheveux secs au bord d'une piscine, tout en écha-faudant un plan pour se débarrasser de son beau-frère. Peu importe ce que les gens pensent tant qu'elle obtient ce qu'elle veut. Elle secoue sa chevelure, se tourne vers son nouveau handballeur et l'embrasse à pleine bouche sous l'œil de la caméra. C'est l'affront de trop pour Joa-chim. Le présentateur de télé croit bon d'en rajouter :

— Oui, Joachim, ce soir vous apprenez que votre fiancée vous quitte, et la douleur vous étrangle à tel point que…

Et *bam !* Le présentateur n'a pas eu le temps de finir sa phrase, Joachim vient de lui asséner un violent coup de tête. Un coup de boule libérateur. L'homme roule au sol et saigne du nez, son micro a valdingué dans le décor. Le public fait « Oooh ! » devant tant de sauvagerie. Joachim a le cou robuste et le front brutal. La caméra s'affole, ne sait plus qui filmer, de la brute, de la garce ou du handicapé du nez. Elle perd son héros d'un soir car il vient de tour-ner les baskets et de décamper hors plateau.

Le présentateur est allongé par terre, les narines en sang. Il traite Joachim de tous les noms d'oiseaux. Sur le canapé, Mélissa et son nouveau handballeur n'ont pas décollé leurs lèvres. Le public crie, applaudit, ricane de tous côtés. On envoie un jingle et personne ne sait où Joachim s'en est allé, sans doute parti en courant loin des studios, loin des caméras, loin de tout scandale. Il a fui pour sauver sa peau. Il a un mono-sourcil bien aligné et un amour-propre pulvérisé.

7

Le phénomène ne s'explique pas, c'est inouï mais c'est comme ça : c'est toujours quand vous vous mettez en retard que quelqu'un prend un malin plaisir à vous téléphoner.

Problème d'insomnie, panne de réveil, ce matin Ben a fait l'impasse sur le café et la biscotte. Il saute dans un caleçon et enfile une paire de chaussettes quand il entend la ritournelle discoïde de la sonnerie de son portable. Un tube des Bee Gees. Son mec n'aurait pas l'idée de répondre, trop occupé à tremper son croissant dans son café au lait ! Sur la table de la cuisine, la ritournelle discoïde s'emballe. Alors Ben traverse la chambre en courant et bondit dans le couloir. Avec la dextérité d'un champion du saut en longueur, il projette son corps en avant et tend le bras. Il espère ne pas se réceptionner avec une fracture au tibia, ni se prendre un coin de table dans l'œil. Dans un effort vigoureux, il attrape le téléphone et fait taire les Bee Gees.

Dans son for intérieur, Ben s'applaudit.

— Coucou, c'est maman !

— Je suis en retard, ce n'est vraiment pas le moment.

— Tu sais pour qui tu vas voter ?

Le phénomène est étrange et ne s'explique pas : c'est toujours quand vous avez une panne de réveil que votre mère trouve intéressant de vous parler de politique au saut du lit. Ben est en sous-vêtements dans la cuisine, le téléphone à la main. Il ne tombe pas à la renverse puisque tout le monde parle de cette élection en ce moment ; c'est le sujet brûlant qui rassemble tous les citoyens, en tout cas les mères et leurs fils. La politique, c'est comme la météo : ça fédère les gens et ça nourrit les conversations. On a tous le même ciel au-dessus de la tête, et le même président. On écoute les promesses et on sort le parapluie.

Ben a voté blanc au premier tour parce qu'il est vraiment largué en politique et ne sait vers qui se tourner. Autour de lui, les gens s'enflamment pour cette élection, ce possible renouveau, mais lui n'y croit pas vraiment. Il voudrait retrouver toute l'attention de son mec. Il voudrait être heureux avec lui comme avant, comme quand ils ont emménagé dans cet appartement. Voilà le grand changement qu'il voudrait, mais aucun candidat à l'élection présidentielle ne saurait l'administrer ou le coordonner, même avec l'aide de partenaires sociaux.

— Maman, je suis vraiment en retard.

— Tu n'as jamais le temps pour moi !

— On en parle une autre fois, tu veux bien ?

Ben jette un coup d'œil à la pendule de la cuisine. Il n'a pas le temps ce matin pour la biscotte et le café, ni pour évaluer les programmes des candidats à la présidentielle. Il n'a même pas le temps de dire un truc gentil à sa mère.

— Maman, faut que je file.

— Dis-moi, on ira ensemble à la Gay Pride ?

Ben reste suspendu au téléphone. Pour lui, sa mère est du genre à porter un gilet tricoté et à faire de la pâte à crêpes. Elle ne se déhanche pas comme une folle derrière un char qui balance de la deep house.

— Tu veux faire quoi, à la Gay Pride ?

— Défiler avec toi et tes amis, faire partie de ceux qui luttent pour l'égalité des droits.

— Tu sais, je ne suis pas très militant.

— Eh bien tu as tort !

C'est l'instant où Ben imagine sa mère drapée dans une longue robe blanche, fluide comme de la crème fouettée, une couronne de lauriers dorée sur la tête, brandissant fièrement sur un char le drapeau arc-en-ciel, telle une figure de proue. Sa mère en icône gay. L'angoisse.

— On en reparlera aussi, tu veux bien ?

— Et sinon, quand viens-tu nous voir à la maison ?

Ce n'est pas que Ben ait envie d'être désagréable, mais il doit vraiment raccrocher cette fois. Il doit partir au boulot, aller s'occuper à la poste de l'expédition des colis et des lettres recommandées avec accusé de réception. Il enfile une veste. Dans la poche, il retrouve un vieux post-it marqué « Je t'aime » en attente d'être expédié, mais qui ne trouve ni mandataire ni destinataire. Il jette un dernier coup d'œil dans la cuisine, où son mec continue à tremper son croissant dans son café au lait.

— J'y vais, à ce soir.

Aucune réponse. Son mec ne daigne même pas lever la tête pour lui souhaiter une bonne journée.

Le croissant s'éparpille en miettes qui flottent dans le bol. Ben s'était promis de ne jamais finir comme ceux qui picorent leurs petits pois, le nez dans l'assiette, sans s'adresser un mot. Aujourd'hui, il doit bien l'admettre, son couple part à vau-l'eau et s'enlise chaque jour un peu plus dans l'ennui. Et Ben ne supporte plus d'être retenu dans ce no man's land où l'absence d'appétit creuse le vide. Il voudrait voir son mec réagir ou partir, se jeter sur lui ou exploser les murs. À quoi bon rester ensemble quand on ne se désire plus ? Rester pour quoi ? pour un appartement avec une salle de bains mal ventilée ? Son mec ne livre pas de réponse. Le visage plongé dans son bol, il contemple son croissant noyé comme un animal mort.

8

Juliette a souvent eu envie de tuer sa mère, de lui plonger la tête dans l'évier rempli d'eau de vaisselle. Sa mère ne voit rien, n'entend rien et ne sait que réciter des versets bibliques.

Il faut dire qu'elle s'est retrouvée esseulée quand son mari l'a quittée pour une belle et jeune Croate, une vendeuse de glaces de Dubrovnik venue en vacances à Paris. Coup de foudre sur le quai du métro à l'heure de pointe, quand le coude de l'un a effleuré le sein gauche de l'autre. Décharge électrique pour lui, éblouissement pour elle. « Bonjour, vous. – *Do you speak English ?* » Dans les odeurs d'œuf pourri, ils se sont tout de suite aimés. Et tout s'est très vite enchaîné : escapades parisiennes, place du Trocadéro ou à Montmartre le jour, en bateau-mouche la nuit. « *Do you know Moulin Rouge ?* »

Le père de Juliette a fini par abandonner femme et enfant dans leur pavillon de Poissy pour rejoindre sa vendeuse de glaces en Croatie. Ensemble, ils ont monté une affaire dans une fête foraine qui met en joie les familles croates, surtout les jours fériés.

Depuis lors, la mère de Juliette a mis un point d'honneur à ne plus faire confiance aux hommes, et s'est tournée vers le seul qui ne la trahirait jamais : Dieu. Elle s'est vêtue de noir, comme une veuve, et a bu les paroles d'Évangile en se dévouant tout entière à leur orateur : monsieur le curé. Assurant les travaux ménagers et les cours de catéchisme, elle a élevé sa fille au milieu des médailles de saintes et des crucifix, l'obligeant à s'habiller dans un dégradé de gris. Juliette en a vu passer, des gilets gris souris, ou gris chiné, ou gris anthracite. Jamais de rose – trop catin, trop grossier. Elle n'a jamais eu droit à un peu de fantaisie et sa mère lui a formellement interdit de manger de la crème glacée. À vie.

Une enfance pareille, forcément, ça laisse quelques traces. Juliette vient en parler une fois par semaine à sa psy.

— Alors Juliette, comment allez-vous aujourd'hui ?

— Vie de merde.

— Mmm…

— C'est peut-être parce que je suis née à Poissy que j'ai la poisse. Enfin, je ne dis pas que tous les habitants n'ont pas de chance, mais bon, quand même… Je vends des chaussures et j'avance pas du bon pied. J'ai plus de trente ans, pas de mari, pas d'enfant, je me sens seule et je me trouve moche. Tout ce que j'ai pour moi, c'est un compte épargne-logement !

— Mmm…

Les yeux dans les yeux de sa psy, Juliette fait le bilan. Elle déteste ses cheveux trop fins et son nez qui ne l'est pas assez, se souvient qu'à l'école on l'appelait « le gnou », et ce n'est pas terrible un gnou, une antilope c'est plus joli. Elle aurait voulu avoir la beauté fulgurante d'une actrice qui éclate de rire sur un tapis rouge, qui s'allonge sur un plongeoir au bord d'une piscine en Californie, terriblement sensuelle et expressive, absolument inaccessible.

— Et puis, je suis fatiguée de vendre des chaussures à des gens qui puent des pieds. Je vis en apnée neuf heures par jour, du coup j'ai le cerveau mal oxygéné... Bref, on va dire que ça va moyen – en fait, ça va pas du tout.

— Mmm...

Juliette aime bien sa psy, une quinquagénaire en chemisier largement déboutonné pour laisser entrevoir une poitrine généreuse – un substitut de mère, assurément. Elle peut tout lui dire. Mais elle déteste quand elle fait « Mmm... ». Elle a l'impression que l'autre s'en fout, l'écoute d'une oreille, préférerait entendre une symphonie de Schubert. Et si tous les psys du monde faisaient « Mmm... » en même temps, est-ce que ça provoquerait un vrombissement terrifiant qui pousse à aller se cacher sous les meubles ?

Sur son siège, Juliette flanche. Elle s'émeut pour un rien en ce moment : une fleur qui fane, un hérisson écrasé sur la route, une psy qui lui fausse compagnie. Les larmes lui sortent de la bouche en même temps que les mots, on ne la comprend pas toujours très bien. Elle s'empare de la boîte de kleenex. Sa psy en laisse toujours une à disposition dans son bureau. Ici, on se mouche souvent très fort, on se lamente, on extériorise, on raconte comment on a eu envie de tuer sa mère pour la première fois.

— Alors Juliette, parlez-moi de votre maman.

40

— Oh non, pas elle encore ! Je ne veux plus retourner à Poissy, elle m'ennuie avec la vie de Jésus.

— Je pense que c'est important d'en parler.

— Et moi, j'en ai marre de parler de ma mère et de parler de son frère qui me pelotait en cachette !

— Ah ! On y revient.

Dans son mouchoir, Juliette revoit son adolescence. Tonton Francis avait une haleine chargée de vin rosé pas frais. Il lui chuchotait à l'oreille des secrets qui n'intéressaient que lui. Il lui pinçait les tétons et disait : « *Hé, hé ! T'as des petits nénés !* » pendant que sa main descendait plus bas et se glissait entre ses cuisses, jusque dans sa culotte. Tonton Francis avait une haleine qui allait chercher loin et des doigts tout aussi aventureux. Il chérissait sa nièce d'un peu trop près. Et la mère de Juliette ne voyait rien, n'entendait rien, dressait sur l'autel des bouquets avec de la gypsophile pour monsieur le curé. Elle confiait sa fille à son frère, parce que c'était un vieux garçon brave et serviable, qui n'aurait pas fait de mal à une mouche et qui avait le cœur sur la main. Il ne fallait pas dire du mal de Tonton Francis, sinon Juliette devait réciter neuf « Je vous salue Marie » à genoux, mains jointes, tête baissée, martyre jusqu'au bout. À treize ans, Juliette rêvait déjà de fuir Poissy, de dire merde à sa mère bigote et de noyer Tonton Francis dans un tonneau de vin rosé.

— Qu'ils aillent au diable !

— Mmm…

Sanglots. Encore un mouchoir.

Juliette en avait marre de sa banlieue. Marre de l'Évangile selon saint Matthieu. Elle avait envisagé de rejoindre son père, au début. Il lui avait envoyé quelques cartes postales, juste un « Gros bisous de Dubrovnik » derrière une photo de manèges illuminés, une vie remplie de couleurs et de fantaisie. Et puis, quand il avait eu un deuxième enfant, un bébé franco-croate né avec plein de cheveux, il s'était complètement désintéressé d'elle, ne lui souhaitant même plus son anniversaire. Juliette avait fini par tirer un trait. Elle avait espéré qu'il s'étouffe gentiment dans un pot de crème glacée. Et elle avait croisé les doigts pour que la roue tourne. Elle avait convoité l'arrivée d'un merveilleux prince charmant dans une Cadillac à pare-chocs customisés, un homme aux épaules solides qui la serrerait dans ses bras musclés et l'emporterait loin de sa banlieue. Au revoir, Poissy ! Adieu et à jamais !

Juliette se mouche encore un peu. Le prince charmant n'est jamais venu. Un jour, elle avait fait ses bagages et pris le train toute seule, direction Paris. Sa mère n'avait pas vraiment apprécié son choix. Elle s'était sentie abandonnée et trahie pour la seconde fois. Juliette avait mis un terme à leur cohabitation en jetant la bible dans un plat d'œufs-mayonnaise, et la bigote s'était roulée par terre en hurlant : « L'Éternel a dit que les chiens mangeront Jézabel près du rempart de Jizreel ! »

Aujourd'hui, Juliette a plus de trente ans, un avenir dans la chaussure de marque allemande et un gros manque de confiance en soi. Elle voit les filles de son âge se marier, faire des enfants, poser des pochoirs sur leurs baies vitrées, se former à Photoshop ou à PowerPoint, être adeptes de la méditation ou du qi gong, tout ce qui permet de rester zen et maître de soi. À l'instar de millions d'individus, Juliette est canalisée sur le bonheur des autres, sur leurs soirées devant un bœuf bourguignon ou, main dans la main, en rollers à travers Paris. Ce qu'il y a de pire dans le bonheur des autres, c'est qu'on y croit.

— Vous aviez rencontré un homme par Internet ?

— En fait, il est marié.

— Mmm…

— Et c'est arrivé qu'on couche ensemble.

— Mmm…

— Vous pensez que je suis une salope ?

— Pas vraiment. Vous êtes une névrosée en démarche affective.

— C'est beau, ce que vous dites.

— Vous êtes dans la recherche incessante de l'idéal, du ressenti qui s'ancre en vous dès le stade de fœtus. Vous étiez comblée dans le ventre de votre mère, ce qui nous renvoie au sujet de tout à l'heure : parlez-moi d'elle !

Juliette a plus de trente ans, pas de mari, pas d'enfant, elle voudrait crier : « J'emmerde Sigmund Freud ! » Elle préfère oublier que sa mère passait ses journées à cirer des bancs d'église et à préparer de la soupe de légumes pour monsieur le curé. Elle préfère oublier Tonton Francis, dont elle a fini par broyer les testicules d'un coup de genou, après une énième tentative d'égarement dans sa petite culotte. Son faciès rougeaud avait viré au violet. Elle avait quatorze ans.

Elle ne veut plus parler de tout ça. Sa psy a de longs cils de biche bienveillante, une chevelure brune aux reflets roux qui ondule, une petite bouche maquillée de rouge brillant. On dirait la chef du rayon de chaussures de marque italienne. Son buste est moulé dans son chemisier en satin qui laisse deviner ses gros seins. Juliette les contemple, les admire. Elle s'extasie devant ces mamelons charnus, gorgés de vie comme un fruit de saison. Elle sait qu'elle opère un transfert sur sa psy, mais elle préfère continuer d'emmerder Freud.

— J'aimerais bien avoir des seins comme les vôtres.

La psy pince les lèvres et sabote son rouge brillant. Elle s'inquiète pour cette névrosée en démarche affective.

9

Francine ne veut plus lire le journal. On n'y parle que de dépressifs qui décapitent leur mère à la tronçonneuse, de voitures qui explosent, d'avions qui s'écrasent, de sondages d'opinion. De l'horreur, de la panique, des pourcentages. Et la tendresse, bordel ? Francine va la chercher ailleurs, elle va la humer dans la chlorophylle. Les journaux sont braqués sur la terreur et la politique. Elle préfère tourner le dos à la boussole présidentielle et faire pousser des fleurs.

Ce matin, elle décide de tailler ses rosiers dans son bout de jardin, porte de Bagnolet. Elle vit dans un lotissement de maisons jumelées, héritage de ses beaux-parents ouvriers, rue Irénée-Blanc. La petite chienne de la voisine s'échappe et se précipite soudain sous les lauriers de Francine. Elle a besoin d'affection et fuit le bâton. Sa maîtresse n'est pas près de lui en donner ; elle trottine dans son jardin, armée de sa badine, ce qui augure un sale quart d'heure pour l'animal, croisement entre un chien de chasse et on ne sait trop quoi. Le menton en avant, la vieille femme s'écrie :

— Nina ! Viens ici !

Manée vit seule dans la maison jumelle depuis des années, un héritage de sa mère là aussi. On ne peut pas dire que ce soit une voisine très avenante. Quiconque lui demande de ses nouvelles se retrouve interloqué : « Qu'est-ce que ça peut vous foutre ? » Francine en a déjà fait les frais, de l'autre côté de la clôture.

— Nina ! Saloperie !

La petite chienne se tapit sous les lauriers, jusqu'à ce que sa vieille maîtresse se calme et cesse de frapper les branches avec son bâton pour la faire sortir de sa cachette.

— Bordel de merde !

À genoux devant les rosiers, équipée de ses gants de jardin, Francine entend les glapissements de Nina et les cris de sa voisine. Son regard se perd dans la contemplation d'un bouton de rose prêt à éclore, une bienheureuse naissance porte de Bagnolet. Dans sa tête, ça tambourine, le chaos des souvenirs d'enfance qui échappent à la douceur et à l'innocence. Elle entend une voix rauque : « Francine ! Viens ici ! » Des bruits de porte qui claque. Des enfants qui chantent : « Nous la rattraperons, la p'tite hirondelle... » Encore la voix rauque : « Viens ici, bâtarde ! » Une gifle qui fait mal. Des enfants qui font la ronde autour de Francine : « ... et nous lui donnerons trois p'tits coups d'bâton... »

— Nina ! Viens ici !

Devant le bouton de rose, Francine ferme les paupières et se rappelle l'époque juste après la guerre. Elle n'a jamais connu son père, elle n'a jamais su comment il s'appelait. C'était un Allemand, et les

Allemands ne portaient pas de prénom. Il faut dire qu'on ne les appelait pas, on les fuyait. Francine était la seule tête blonde de sa famille. Ça l'intriguait, toute cette blondeur dans un groupe de femmes brunes. Un jour, elle a posé la question à sa mère, qui lui a répondu par un mensonge : elle a prétendu qu'elle avait contracté la fièvre typhoïde pendant la guerre, que ses cheveux blonds étaient tombés et que, lorsqu'ils avaient repoussé, elle était devenue brune. Mais Francine se souvenait des photos de sa mère enfant, elle n'avait jamais été blonde.

Les tantes et les cousines n'ont pas été mieux disposées envers elle. Elles l'appelaient « la bâtarde ». Quand Francine l'interrogeait sur la signification du terme, sa mère la faisait taire et lui ordonnait d'aller jouer dehors. « La bâtarde », ça ne ressemblait pas à un mot gentil, mais à une insulte. Alors, elle avait posé la question directement aux tantes et aux cousines, des femmes laides aux dents pourries, toute la monstruosité leur sortait de la bouche. Elles avaient ricané et craché la vérité, la seule, terrible : Francine, fille d'une Française et d'un soldat allemand, avait été conçue pendant la guerre ; sa mère avait fauté avec l'ennemi.

Toute son enfance, Francine avait été « la petite boche », maudite pestiférée avec qui les fillettes de sa rue n'avaient pas le droit de jouer. À l'école, on lui faisait des crocs-en-jambe, on lui tirait les cheveux, juste parce qu'elle était mal née, parce que l'ironie de l'existence c'est qu'on ne choisit pas ses parents. Jamais sa mère ne l'avait défendue, ni à l'école, ni devant les tantes et cousines. Elle se cachait, par peur des représailles. Elle n'avait jamais serré sa fille dans ses bras. Pis que tout, elle ne lui avait jamais dit qu'elle l'aimait. Elle était une fille mère honteuse qui n'avait pas voulu reconnaître l'enfant à la naissance et avait attendu un mois avant de s'y résoudre. Elle avait porté le fardeau d'être coupable aux yeux du monde, et Francine était le mal incarné, le diable à la tête blonde.

— Nina ! Boule de pus !

La petite chienne gratte la terre et se fraie un passage sous les lauriers. Francine relève les yeux de son bouton de rose, de son passé d'enfant de la guerre. Une autre innocente est en mauvaise posture, il est temps de lui venir en aide. Elle s'approche de la clôture avec ses gants de jardin – un bout d'armure pour affronter Manée. La vieille voisine s'énerve toute seule, sa badine à la main.

— C'est une crevarde !

— Enfin, Manée, calmez-vous.

— Elle me dégueulasse tout !

— Arrêtez de crier comme ça, on vous entend dans tout le quartier.

— Cette saleté de bâtarde !

Au-dessus de la campagne à Paris, le ciel bleu du joli mois de mai laisse place à un cumulus gris orage. Il y a des mots que Francine ne veut plus entendre, des mots qui sont la pire des injures. Et même s'ils sont adressés à un chien, ils retentissent comme une fatalité. Elle se souvient de cette femme assise au bord de la fontaine, place Juliette-Dodu, une cancanière aux yeux d'un bleu glacial, aussi morts que du verre dépoli. Elle revoit son air menaçant quand

Francine s'était approchée pour toucher l'eau. Elle l'entend cracher sa haine envers la petite tête blonde : « Sale bâtarde ! » Francine avait retiré sa main de l'eau comme si la fontaine était infestée de vipères. Elle avait pris ses jambes à son cou, en larmes une fois de plus.

— Elle m'emmerde !

— Vous pouvez rester polie, Manée, même avec un chien.

— Vous avez pas d'animaux, vous savez pas ce que c'est !

Avec ses gants de jardin, Francine a bien envie d'en coller une à sa vieille voisine. Ses poings serrés sont chargés de colère envers ces gens qui maltraitent les animaux, ceux qui font la guerre, envers sa mère décédée sans lui avoir parlé de son père, envers un passé qu'elle n'arrive pas à pardonner. Francine tourne le dos à Manée et repart vers ses rosiers, sans lui souhaiter une bonne journée. De toute façon, la vieille est sourde comme un pot.

Toute bossue qu'elle est, Manée reste debout derrière la clôture. À coups de badine, elle tue les doryphores qui se nourrissent des feuilles de laurier.

10

La nuque posée sur l'accoudoir, la bouche pâteuse, Joachim émerge de son canapé comme si on lui avait fendu le crâne à coups de bâton. Il est aveuglé par la lumière qui inonde le salon. Hier soir, en rentrant chez lui, rue des Deux-Gares, il a sombré dans le stéréotype du mec largué : il a vidé un pack de bières et une bouteille de rhum en jouant aux fléchettes. Il n'a pas pleuré, parce que, c'est bien connu, les hommes ça ne pleure pas. Il a juste répété « Putain de merde ! » plusieurs fois. Et a fini par s'endormir, trop saoul pour regagner son lit, la bouteille de rhum vide roulant au pied du canapé.

Il se redresse péniblement, retrouve son équilibre, tente une approche vers la salle de bains. Avec son teint blafard, sa barbe naissante et son monosourcil, on dirait un de ces repris de justice qu'on voit au journal télévisé. Sur le rebord du lavabo, sa brosse à dents trône seule dans le verre. L'autre a disparu. La crème dépilatoire aussi s'en est allée, avec l'après-shampoing aux algues niçoises. Mélissa ne reviendra pas, c'est sûr.

Joachim s'enferme dans la cabine de douche. Il reste un moment sans bouger, debout, les bras croisés, sous le jet. L'eau chaude décontracte ses muscles et emporte la tension nerveuse de la veille. Il se repasse le film d'hier, la stupeur, le coup de boule, la course effrénée. Mais la rancœur ne se lave pas avec de la mousse. Il attrape une serviette, la seule qui reste suspendue, et l'enroule autour de sa taille. La peau encore humide, il s'habille. Des gouttes d'eau imbibent son vieux T-shirt, celui que Mélissa n'a jamais aimé. Il s'en fiche à présent. C'est le côté positif de la rupture : quand on se fait plaquer, on oublie les compromis, on peut boire du rhum toute la nuit, manger des chips au lit, mettre ses vieilles fringues pourries. Il fait ce qu'il veut. Le problème, c'est qu'il ne sait pas quoi faire.

C'est son jour de congé et il n'a envie de rien ni de voir personne. Aussi, quand quelqu'un sonne chez lui, Joachim a envie de sortir la batte de base-ball. Faut pas venir le chercher, là. L'œilleton de la porte est obstrué par une méduse violette. C'est la chevelure de la vieille dame qui habite juste en dessous et qui fait régulièrement des tests de coloration. Un jour c'est mauve, un jour c'est abricot. Quand il ouvre, il constate qu'elle n'est pas seule mais accompagnée de toutes ses copines, un bataillon de dames âgées qui le fixent de derrière leurs lunettes. Joachim n'est pas partant pour un thé dansant.

— Ça va, mon garçon ?

— On fait aller.

— Je vous ai vu hier soir à la télé, c'est terrible ce qui s'est passé.

— Euh… ouais.

— Quelle chipie, cette Mélissa !

— On va dire ça comme ça.

— Tenez ! Je vous ai apporté une flamiche aux poireaux.

Quand on se fait larguer, la flamiche aux poireaux est une maigre consolation, mais c'est déjà un joli geste. Les mamies à la porte lui sourient avec admiration. C'est le second effet télé-réalité. Ah ! Il est beau, Joachim ! Si seulement elles avaient quarante ans de moins !

La voisine aux cheveux violets continue sur sa lancée :

— On vous a toutes vu hier soir à la télé.

— Ah ! Désolé.

— Allons mon garçon, faut pas vous décourager. Une de perdue, dix de retrouvées !

— J'en sais rien.

— Doux Jésus, qu'est-ce que je vois derrière vous ? C'est le bazar !

— C'est-à-dire que…

— Bougez pas, on va arranger ça !

Joachim n'a pas le temps de voir venir les événements. Il ne contrôle plus rien. Inerte devant la porte, sa flamiche aux poireaux sur les bras, il se laisse envahir par la vieille dame aux cheveux violets et ses copines du troisième âge. Elles investissent l'appartement et l'expression populaire « Faites comme chez vous » prend tout son sens. Au passage, l'une d'elles lui caresse la joue.

— Courage, mon grand !

Elles ont de la suite dans les idées. L'une prend en charge la vaisselle oubliée dans l'évier, l'autre rassemble le linge qui traîne pour le mettre à la machine à laver, une troisième sifflote avec un balai, une autre encore valse avec un aspirateur. Elles se répartissent les tâches ménagères et opèrent avec efficacité. Joachim ne bouge pas d'un poil, ne sait plus quel jour on est, n'est plus sûr d'habiter là.

— Alors mon garçon, ça fait quoi de passer à la télé ?

La voisine aux cheveux violets lui donne une tape sur l'épaule. Il ne sait trop quoi répondre, abasourdi par ce groupe d'évadées d'une maison de retraite qui gesticulent entre l'éponge et le balai-brosse. Elles briquent tout, s'activent comme un essaim d'abeilles, et ça lui donne le tournis. Il panique, étouffe au milieu de ces mamies très portées sur le vinaigre blanc. Il voudrait dire : « Stop ! Foutez le camp ! » mais il n'est pas du genre à contrarier le troisième âge. Alors il jette la flamiche aux poireaux dans les bras de la mamie la plus proche de lui, celle avec le tablier à fleurs et des charentaises aux pieds, et il prend la poudre d'escampette, dévale l'escalier sans se retourner. Et tant pis pour les clés. Tant pis pour les mamies. Elles claqueront la porte en partant. Sauve qui peut. Il traverse le hall de l'immeuble et, une fois dans la rue des Deux-Gares, respire à l'air libre.

— Hey ! C'est lui !

Des enfants en survêt' rentrent du foot et reconnaissent le mec de la veille à la télé, le handballeur qui a mis un coup de boule au présentateur. C'est la magie de la vie : comme si Zinedine Zidane venait faire un petit tour au Franprix du quartier. Ils accourent vers lui dans l'espoir de le toucher.

— Hey, Jo ! T'es trop une star !

— Waouh, Jo ! J'peux avoir un autographe ?

Les enfants veulent lui arracher un bout de T-shirt ou un poil de bras. Joachim écarte la marmaille d'un revers de main, se dit que ça ne doit pas être drôle tous les jours d'être Zinedine Zidane. Il s'échappe en courant, allonge sa foulée, frisant le record du monde du saut de haies.

Sur le boulevard Magenta, il se réfugie devant un kiosque à journaux. Là, il se croit en sécurité. Il reconnaît la tête des deux candidats à la présidentielle en première page des quotidiens. Placardée sur un autre genre de magazines, il découvre aussi la sienne, à côté de celle du présentateur de télé au nez ensanglanté. En cette matinée de mai, Joachim fait la une de la presse people, au milieu des stars alcooliques ou méchamment liftées. Il est devenu célèbre en une soirée, mais pas tout à fait de la manière qu'il attendait, pas en sueur et décoré d'une médaille aux jeux Olympiques. La vendeuse du kiosque lui adresse un clin d'œil, la bouche en cœur. Elle l'a reconnu, elle aussi, elle l'a vu se faire larguer, tout vulnérable dans son fauteuil, le pauvre chéri. Joachim se retourne et, dans son dos, trois personnes pointent leur smartphone sur lui pour le photographier. À croire qu'il n'y avait qu'un seul programme hier soir à la télé. Joachim a l'impression d'être devenu Paris Hilton ou quelqu'un d'approchant, une starlette célèbre pour trois fois rien. Tout le monde veut se l'approprier et il doit se rendre à l'évidence : il est le mec quitté le plus populaire de France.

Il s'enfuit du kiosque à journaux et bouscule au passage quelques paparazzis amateurs. Et maintenant, où aller ? Certainement pas chez lui, son appartement est colonisé par des mamies expertes en vinaigre blanc et autres produits anticalcaires. Il maintient sa foulée à en perdre le souffle, descend le boulevard Magenta, le long des friperies et des magasins de robes de mariées bon marché, traverse sans regarder. Il court vers la rue d'Hauteville, le seul endroit où il puisse se réfugier.

11

Ben l'a reconnu. Il en est sûr, c'est lui, le type au monosourcil d'hier soir à la télé. Il a surgi de nulle part sur le boulevard Magenta, piquant un sprint sur le trottoir. Mouvements de bras synchrones et jambes puissantes, cage thoracique hyper blindée, une bourrasque de testostérone qui sentait bon le musc et l'acier. Ben l'a reniflé au passage, il a mémorisé son odeur au milieu des gaz d'échappement. Il en est amoureux. La veille, il fantasmait sur lui devant son écran, aujourd'hui il le croise sur le trottoir en mangeant un sandwich au thon à la pause déjeuner. Il renverse un peu de mayonnaise sur l'asphalte. C'est le hasard, c'est la magie de la vie.

Devant l'agence de La Poste, il fume une cigarette avant de retourner à son guichet. Sans enthousiasme, mais il faut bien gagner sa vie. Il rêve toujours de voyages, de randonnées au Costa Rica, voudrait faire l'amour dans un motel, même complètement pourri. Il fait disparaître ses rêves dans un nuage de fumée et pousse la porte de l'agence. Ici, ce n'est pas le Costa Rica, ce n'est pas la baignade dans le Pacifique ni le trek sur les volcans, ce n'est pas l'écotourisme en milieu tropical. Ici, on débat affranchissement et mode de livraison. On garde le sourire devant l'usager, même s'il a une tête à claques, on est acteur économique du commerce de proximité. On dit : « La lettre recommandée est votre meilleure alliée, signez là. »

Ben repère la pendule dans l'entrée et calcule les minutes qui le séparent de la prochaine pause cigarette. Son directeur lui barre la route, Daniel, un homme très mince toujours vêtu de gris, aux épaules un peu voûtées et aux lunettes à double foyer. Il est directeur, donc il n'est pas obligé de sourire. Et il s'en abstient largement. Daniel cache sa joie et combat l'hypermétropie. En général, quand il sort de son bureau, c'est pour une urgence.

— Vous êtes libre demain soir ?

— Oui, pourquoi ?

— Ma femme souhaite vous inviter à la maison, vous et… votre ami.

— Ah bon ! C'est gentil.

— C'est une idée de ma femme, ça lui ferait plaisir de vous rencontrer, vous et… votre ami.

— Merci. J'apporterai des fleurs.

— Voilà, c'est ça.

Ben ne lit aucune exaltation sur le visage de Daniel. Il ne voit pétiller aucune flamme derrière les lunettes à double foyer. Du coup, il ne comprend pas l'engouement de l'épouse pour un dîner entre couples. Ben n'est pas du genre à raconter sa vie sexuelle au boulot, mais un jour, devant la machine à café, il a précisé qu'il était gay à la conseillère en financement, qui insistait un peu trop pour lui montrer sa culotte. Elle n'a pas supporté d'être éconduite et est allée tout répéter à ses collègues afin de panser son amour-propre. Ben a appris à ses dépens que les femmes qui portent des strings roses en polyester ont de gros problèmes d'ego.

— Mon épouse tient à votre présence, la vôtre et… celle de votre ami.

— C'est gentil.

— C'est ma femme qu'il faut remercier.

Daniel ne s'encombre pas d'amabilités. Il fait demi-tour et rejoint son bureau au fond de l'agence, une pièce obscure entourée de vitres opaques. Une odeur de naphtaline se répand sur son passage. Daniel n'est pas réputé pour son humour dévastateur, il n'est pas du genre à sortir une blague à table, entre la poire et le fromage. Ben n'a pas osé refuser l'invitation et se consterne de sa propre bêtise. Lui qui a toujours fui les apéros entre collègues à parler boulot devant une bouteille de mousseux, il va devoir affronter son supérieur hiérarchique, sa femme, leurs enfants peut-être. Une invitation pour quoi, d'ailleurs ? Une promotion ? Une mutation ? Une agence postale ouvre peut-être ses portes à Bora-Bora. Voilà ce qu'il lui faudrait : une invitation au voyage, un grand changement de décor.

En s'installant derrière son guichet, Ben jette encore un coup d'œil à la pendule de l'entrée. Il pousse un long soupir. La pause cigarette n'est pas pour tout de suite, et le Costa Rica, il n'est pas près de le voir. La Polynésie non plus, du reste.

12

Juliette voudrait aller au bord de la Méditerranée, se rendre au festival de Cannes, marcher sur la plage et tout oublier. Elle voudrait admirer de belles voitures aux pare-chocs lustrés, au toit ouvrant électrique, avec des lévriers à poil long sur la banquette arrière. Elle voudrait reconnaître des actrices ayant obtenu un Oscar, un Golden Globe, un Emmy Award, et pourtant absolument pas désabusées. Elle voudrait s'extasier devant des acteurs en smoking et souliers vernis à la carrière florissante et qui n'oublient pas pour autant d'être de bons pères de famille – Ryan Gosling, peut-être.

Pour le moment, elle n'arpente pas la Croisette, elle remonte la rue Saint-Denis pour rentrer chez elle, loin des flashs qui crépitent sur le tapis rouge, des Palmes d'or éblouissantes, des applaudissements et des bouchons de champagne qui pètent au petit déjeuner. Les salons de tatouage et les sex-shops, c'est son festival à elle. Et le vendeur de hot-dogs lui propose toujours une barquette de frites gratuite.

Ce matin, elle a écouté les conseils de sa psy. Autant profiter de son jour de congé et mettre en place une action pour se trouver jolie. Dans une boutique de la rue du Sentier, elle s'est acheté une petite robe verte, une coupe sixties et vintage. Tournant sur elle-même devant le miroir, elle s'est dit que ça ferait l'affaire, ça ferait glamour à petit prix, ça ferait illusion. Lorsqu'elle ouvre le sac plastique sur le trottoir en bas de chez elle, sa copine Goldie valide son choix.

— Tu vas être belle, ma pépette !

Goldie rejette ses longs cheveux blonds décolorés derrière son épaule. Elle a un peu forci dernièrement, mais parvient encore à fermer son éternelle ceinture de cuir dorée sur sa robe décolletée. Elle travaille rue Saint-Denis, toujours à la même place, fidèle au poste devant une boutique inoccupée, un bail à céder non loin d'un sex-shop. Le trottoir est son bureau. À cinquante-cinq ans, elle fait le plus vieux métier du monde. Ce n'est pas une vocation, elle y est venue par malchance, parce qu'elle était amoureuse d'un truand. Johnny tenait un bar-tabac à Perpignan, Goldie était serveuse ; elle faisait l'ouverture et la fermeture avec lui dans les vapeurs d'alcool. Elle l'aimait, elle l'a toujours aimé ; elle s'en est même voulu de l'aimer autant. Et puis, un jour, la malédiction s'est abattue, un bar-PMU s'est installé dans la même rue – un mammouth qui vous écrase et qui vous broie. Johnny a fait faillite et, incapable de rembourser ses dettes, il a tout plaqué ; ils sont partis vivre ensemble à Paris. Faire le trottoir n'était pas une évidence, mais il fallait bien gagner sa vie. Au début, ça ressemblait à de l'échangisme, puis Johnny a lourdement insisté, allant jusqu'à user de la menace. Goldie est devenue sa gagneuse. Ce n'est peut-être pas la médaille de l'ordre du Mérite, mais c'était la première fois qu'elle se distinguait quelque part. Depuis qu'elle s'est retrouvée prostituée par la force des choses, elle n'a d'autre religion que de se convertir à l'enthousiasme. Désormais, parvenue à la cinquantaine, il lui paraît difficile de décrocher. Entre deux bouffées de cigarette, Goldie assume son statut : « Je suis une vieille pute ! »

Juliette ne la considère pas comme une prostituée mais comme sa conseillère en cosmétiques depuis le jour où Goldie l'a abordée sur le trottoir : « Dis donc, ma jolie, tu devrais te maquiller un peu, c'est pas comme ça que tu vas trouver un mari ! » Un conseil d'abord, un sourire ensuite, un éclat de voix qui vient accueillir l'autre, et puis un café-confidence où entre filles on se raconte tout. Goldie donne trop à Johnny, son méchant moustachu qui porte des boléros en cuir et boit du whisky. Il a deux molaires cassées et le blanc de ses yeux a viré au jaune, ce qui n'aide pas à le rendre sympathique. En plus, il maltraite sa gagneuse. Elle est sa vache à lait. Alors, rue Saint-Denis, Goldie a du bleu à l'âme et même du bleu qui coule sous ses yeux. Elle rigole beaucoup mais elle pleure parfois, toute seule, en cachette sur le trottoir, la tête tournée vers une colonne d'eau. Elle efface les traces sur ses joues car le mascara, ça ne trompe pas. « Mon Johnny m'cogne un peu, mais je l'aime quand même. Quand il est romantique, il m'chante du Hugues Aufray, et ça j'adore ! »

— Ça va, ma pépette ?

— J'ai envie d'avoir des papillons dans le ventre.

— Ok, mais pour ça faut bouffer des chenilles.

— Tous les magazines disent qu'on s'épanouit à trente ans, et moi je flippe.

— Allons bon ! Qu'est-ce qui va pas ?

— Tout !

— Viens m'causer, je peux faire la psy moi aussi.

— Tu viens chez moi ? Je te fais un café.

— D'accord, ma pépette. J'fais une pause. Le client n'pointe pas le bout d'sa queue, le business tourne moins vite les semaines d'élections.

— Comment ça se fait ?

— J'en sais rien. J'suis pute, pas socio-économiste.

Elles entrent dans l'immeuble et traversent la cour arborée. Ce n'est pas le palais des Festivals, mais la rue Saint-Denis masque ses petits paradis. Juliette avance tête baissée et Goldie lui claque les fesses en gravissant les marches.

— Allez, hop ! Tête haute !

13

En haut de l'escalier, Joachim a comme un léger haut-le-cœur. Au terme d'une course effrénée avec dérapage contrôlé, il toque chez son frère, rue d'Hauteville. Paul-Arthur vit dans un studio d'étudiant, c'est l'intello de la famille. Il mène une vie studieuse et casanière – une chance pour Joachim, un jour comme celui-là. Quand la porte s'ouvre, il entre en furie, bouscule Paul-Arthur au passage et court à la salle de bains. Là, tout est fonctionnel et compact, rassemblé sur deux mètres carrés. Il s'agenouille et se cramponne au rebord de la cuvette des toilettes pour rendre tout ce qu'il peut, c'est-à-dire pas grand-chose hormis de la bière et du rhum. Paul-Arthur garde une légère distance, mais pose une question bien légitime pour quelqu'un qui n'a pas vu son frère depuis des mois :

— Et sinon, ça va toi ?

Joachim renifle bruyamment et un filet de bave s'étire de ses lèvres. Paul-Arthur a sa réponse. De toute évidence, pour son frère, ça ne va pas fort.

— Tu veux un Vogalib ?

— C'est quoi ?

— Un antiémétique.

— C'est quoi, ça ?

— Un cachet contre les vomissements. Enfin, c'est relatif à la cinétose.

— C'est quoi la cinétose ?

— Le mal des transports.

— Oh ! Tu peux pas parler normalement ?

Dix ans séparent les deux frères, le choc des cultures. Ils ne se fréquentent pas, ne s'appellent pas, ne se claquent pas la bise devant un chocolat liégeois. Ils ne se sont jamais tendu la main, en revanche ils se la serrent une fois par an devant le sapin de Noël, avant de manger de la bûche glacée. Ils se souhaitent éventuellement la bonne année ou un joyeux anniversaire par texto. Ils s'astreignent au minimum requis pour faire plaisir à maman. Joachim n'a jamais joué son rôle de grand frère. Il a préféré fuir et tracer sa route ; le petit est trop jeune, le petit n'est pas intéressant. Paul-Arthur a appris à vivre sans lui et ne se laisse pas décontenancer par le fait de le voir surgir en fin de matinée, juste pour s'agenouiller devant ses toilettes.

— Tu comptes rester comme ça toute la journée ?

— Je suis mal.

— Qu'est-ce qui se passe ?

— Tu m'as pas vu à la télé ?

— Je n'ai pas la télé.

— Mélissa m'a plaqué en direct.

— Et c'est pour ça que tu viens vomir chez moi ?

Joachim se penche à présent au-dessus du lavabo et se rince la bouche. Dans le miroir, il a l'air d'un veau atteint de la grippe bovine. Toute la rancœur du mec largué en direct à la télé se lit sur son visage. Quelque chose ne passe pas et lui plombe l'estomac.

— Il y a des gens qui me poursuivent dans la rue.

— Qui ça ?

— Des voisins, des gamins, ils m'ont vu hier soir à la télé, c'est du délire, je savais pas où aller.

— Et donc tu te réfugies chez moi ?

— Ouais… t'es mon frère !

— Ton demi-frère, comme tu me l'as fait souvent remarquer.

— Euh… ouais… désolé.

Même si Joachim n'a jamais fait l'effort de rendre visite à son frère ces dernières années, venir ici aujourd'hui lui paraissait une évidence. Il a instinctivement senti qu'il devait mettre les voiles pour contourner ce vent de folie et se réfugier sur un rivage hospitalier – une valeur sûre, la famille. Les deux hommes sont frères car ils ont la même mère, mais ils n'ont pas le même père. Ils ont grandi ensemble sans suivre le même itinéraire. Joachim sait que Paul-Arthur est un étudiant brillant, qui prépare sa thèse et est promis à un bel avenir. Paul-Arthur sait que Joachim est un bon handballeur, fan d'auto-moto, un mec à filles qui se laisse vivre. Les deux hommes n'ont jamais cherché la complicité. C'est la filiation qui les réunit et les oblige. Chacun respecte l'espace vital de l'autre et reste poli, personne n'est intrusif. Alors, forcément, quand Joachim surgit à l'improviste chez son frère avec un haut-le-cœur, Paul-Arthur est en droit de s'étonner.

— Ça va mieux ?

— Ouais… je suis désolé.

— De quoi ?

— De débarquer comme ça chez toi.

— Ce sont les parents qui t'ont dit de venir ici ?

— Non.

— T'as pas eu maman au téléphone ?

— Non, pourquoi ? Elle m'a vu à la télé ?

Joachim fronce son monosourcil quand il s'interroge, quand il s'alarme, quand une fille le quitte pour
aller faire un tour de rodéo. Paul-Arthur aussi fronce
les sourcils quand il réfléchit, quand il se méfie,
quand il soupçonne sa mère de jouer la médiatrice
entre ses deux garçons.

— Dis-moi, je peux rester ici ?

— C'est une blague ?

— Juste aujourd'hui…

— Il y a un dégât des eaux chez toi ou quoi ?

Pour Joachim, il y a des dégâts au sens où son
appartement est squatté par des voisines complètement dingues, férues de la balayette et du plumeau,
et des enfants qui ne connaissent que la télé-réalité et
tout ce qui défile en prime time. Ce n'est pas un mur
qui est détrempé chez Joachim, c'est toute sa vie qui
est submergée.

— Je soutiens ma thèse bientôt. Alors, j'ai pas mal
de boulot, je suis pas très dispo, là.

— C'est quoi ta thèse ?

— « L'étude du rayonnement thermique et de
lasers à cascade quantique dans l'infrarouge par
microscopie optique en champ proche à pointe diffusante ».

— Ah ouais… balèze.

Joachim fronce le monosourcil car il y a de quoi s'interroger. Paul-Arthur s'empare d'une liasse de feuilles posée sur le comptoir de la cuisine. Le devoir l'appelle. Il ne sait pas comment demander à son frère de partir. L'esprit de famille, c'est uniquement devant maman.

— Désolé, mais je n'ai pas trop de temps à t'accorder.

— Promis ! Je te dérangerai pas.

— Rentre chez toi.

— Je veux pas !

— Pourquoi ?

— J'ai des souvenirs de Mélissa là-bas…

Joachim laisse entrevoir une faille, rien de flagrant, juste une fine brèche dans son armure d'athlète, un truc assez inhabituel. Lui qui ne s'encombre pas de paroles mielleuses sous peine de frôler le diabète, qui reste fort même après un match lui valant une fracture de la cloison nasale et une entorse des ligaments du genou, il est fragilisé par une poseuse de faux ongles à présent. Paul-Arthur trouve ça très touchant, mais en même temps très gênant, et aussi très suspect. Il a de bonnes raisons de se montrer perplexe. Maman sait des choses et il espère qu'elle n'a rien répété. Elle lui en a fait la promesse, c'est un secret.

— C'est maman qui t'a dit de venir ?

— Non, pourquoi ?

Venir rue d'Hauteville, c'était la facilité, car sa mère habite un peu loin. Il faudrait prendre le RER et Joachim n'a pas envie d'être pris en chasse par une horde d'ados exigeant un selfie. Ici c'est calme, propice à la détente et à l'anonymat. Il voudrait se reposer, dormir sur le clic-clac, envisager un avenir qui n'implique aucune caméra de télévision.

— C'est quoi ton truc sur les cascades aquatiques ?

— Cascade quantique ! « Étude du rayonnement thermique et de lasers à cascade quantique dans l'infrarouge par microscopie optique en champ proche à pointe diffusante ».

— Ah ouais, quand même… balèze.

14

— Balèze et gentil, avec un gros kiki.

— Ça, ce n'est pas obligé.

— Quand même, ça compte un peu !

Assise sur son canapé-lit, Juliette fait ce que toutes les femmes de plus de trente ans, célibataires et sans enfant, font en fin de journée quand elles n'ont pas un cours de body pump ou de ju-jitsu : elle discourt sur les mecs et le sexe avec sa copine experte en la matière. Les lourdauds qui n'en fichent pas une, les pénibles qui en font des tonnes, les mous du genou, les excités de la matraque, les tracassés qui ne voient pas l'utilité de faire simple quand on peut faire compliqué, les bricoleurs du dimanche, les enfiévrés du samedi soir... Elle passe tout en revue pour finalement arriver à la même conclusion :

— Je ne comprends rien aux hommes.

— J'te rassure, les bonshommes comprennent rien aux femmes non plus !

— Pourquoi je n'ai pas un gentil mari qui sait changer un pneu et faire rôtir des paupiettes de veau ? Pourquoi je n'ai pas d'enfants inscrits au poney-club et un labrador super bien dressé ?

— Tu regardes trop la télé, ma pépette !

— J'ai des copines, elles ont tout : une maison avec chauffage au sol, un canapé d'angle convertible et un jacuzzi trois places dans le jardin.

— Ce sont de belles salopes !

Goldie s'affale sur le canapé comme une baleine échouée sur la plage. Elle hume sa tasse de café, savoure l'arôme avant de retourner à la rue. Et Juliette fait ce que font toutes les femmes de plus de trente ans, célibataires et sans enfant, après un petit bilan, quand elles n'ont pas ensuite une séance d'acupuncture programmée : elle déprime en regardant tourner les aiguilles de l'horloge biologique. C'est une célibataire parmi des millions, mais les millions ont parfois du mal à se rencontrer. Ils ne s'entrechoquent pas à Monoprix devant le rayon des surgelés. « Ah, c'est toi le célibataire de la rue d'à côté ? Justement je te cherchais ! » Elle a eu quelques amants, mais la déconfiture est amère. Franck, Fred, Francesco ou Farid, elle a collectionné les prénoms en F comme *Fuck*, et c'était juste ça : de la baise. Parfois vite fait. Dresser l'inventaire des hommes de sa vie lui fait tourner la tête comme une coupe de kir à la pêche un soir d'été. Elle a peut-être été un peu amoureuse, en alternance. Eux ne l'aimaient pas vraiment, ils l'aimaient juste bien. Puis elle a abordé un virage décoiffant en rencontrant Alain, un homme plus mature, quelques marques de sagesse au coin des yeux. Il lui a fait croire qu'elle était belle et unique, surtout au troisième sous-sol du parking souterrain du boulevard Haussmann. Le problème est apparu quand il s'est souvenu qu'il était marié. Juliette ne s'est pas sentie si unique que ça, finalement, et elle n'est pas sortie de cette relation plus exaltée. Elle a appris à ses dépens que les hommes en A n'offrent rien de plus sérieux que les hommes en F. Elle a tiré un trait sur les hommes de sa vie, ceux qui ont jalonné sa vingtaine et sa trentaine largement entamée. Elle n'a jamais rencontré l'homme qu'il lui faut, le baraqué-gentil capable de changer un cumulus d'eau chaude en trois minutes chrono.

— J'en ai marre de vendre des chaussures !

— Faire la pute, c'est pas génial non plus.

— Même mes cheveux, je ne les aime pas !

— On n'est jamais content de ce qu'on a.

— Et si tu me tirais les cartes ?

— Va t'faire tirer tout court, ma pépette !

— Je t'en supplie !

— Fais pas la malheureuse ! La vie, c'est dehors sur l'trottoir, pas dans un jeu d'cartes.

— J'aimerais me faire refaire le nez.

— Va t'mettre un stérilet et une jolie robe.

La voix de la sagesse a parlé. Goldie avale son café d'une traite et repose la tasse sur la table basse. Elle s'étire un peu sur le canapé, remet ses cheveux en place, constate qu'il faudra bientôt refaire les racines. Il est l'heure de retourner travailler. Elle laisse Juliette avec ses questions, le bourbier dans lequel elle se complaît. Elle lui jette à la figure le journal qui traîne, celui qui annonce les catastrophes, qui parle de gens bien plus malheureux qu'elle, qui affiche en une le portrait des candidats à la présidentielle. Tout souriants, bien coiffés, dentitions affûtées, chacun détenant une vérité dans un slogan qui s'impose par sa clairvoyance. Un chiffre, au-dessous de chaque portrait, un pourcentage : leurs chances de remporter l'élection.

— Tu as déjà rencontré un chef d'État ?

— J'en rêve ! Être la pute du président, c'est la meilleure place.

— Tu es déjà allée à l'Élysée ?

— Jamais. Mon plus gros client, c'était le directeur d'un magasin d'électroménager. Ça n'a pas fait de moi une pute de luxe, j'ai même pas gagné un grille-pain.

Juliette fait ce que toutes les femmes de plus de trente ans, célibataires et sans enfant, font avec leur copine prostituée après avoir envisagé une rhinoplastie ou des implants mammaires. Elle entrevoit les possibilités de se hisser vers un avenir meilleur, avec sèche-linge high-tech et robot multifonctions inclus. Goldie chausse ses talons hauts, prête pour affronter le bitume et le client qui aura envie de se soulager vite fait, ou de pleurer sur son sein en lui parlant de sa mère qui ne l'a jamais aimé. Elle est pute et psy pour le même prix.

— J'ai envie d'vacances, ma pépette.

— Pourquoi on ne ferait pas un voyage, toutes les deux ?

— Oh oui ! Loin d'ici !

— On prend le train jusqu'à la Méditerranée.

— J'ai envie d'bronzer cul nu à Saint-Tropez, de boire du champagne à la nuit tombée et de chanter du Hugues Aufray.

Juliette arrange le pli de la robe décolletée de son amie et la serre dans ses bras – un peu d'affection pour sceller un projet commun et combler un vide dans leurs vies respectives. Goldie rêve déjà de mettre cap vers le Sud, de sentir ses pieds s'enfoncer dans le sable, d'arpenter autre chose que le trottoir.

— Allez hop ! Au boulot !

— Ne te laisse pas faire par Johnny.

— T'inquiète pas, ma pépette, hier j'lui ai foutu un coup de sac à main dans la gueule !

Goldie vérifie que sa ceinture en cuir dorée est bien ajustée au-dessous de ses gros seins et elle passe son sac en bandoulière. Juliette ouvre le tiroir de la commode où elle range un coffret en manguier. Elle attrape un bâton d'encens destiné aux nuits coquines qui, en ce moment, ont tendance à se faire oublier. Elle craque une allumette pour purifier la chambre, l'embaumer d'ambre oriental. Elle espère ainsi géné-rer des pulsions toniques et aphrodisiaques, faire venir un homme, un beau ténébreux sensible et attentionné, un peu baraqué mais pas trop.

— Qu'est-ce que tu fais, ma pépette ?

— Je fais venir l'amour.

— Si ça marchait, ça fait belle lurette que j'serais plus sur le trottoir.

Quand Goldie lui claque une dernière bise et referme la porte, Juliette se retrouve seule devant un bâton d'encens qui exhale un parfum de magnolia et de gingembre. Sur la une du journal, les deux candi-dats à la présidentielle promettent la hausse du pou-voir d'achat, mais rien concernant l'amour.

15

Francine a pris le bus avec l'impression d'être menée en bateau. Le nez dans le journal, elle parcourt le compte rendu des moments forts de la campagne électorale, entre débats agités, piques et attaques. S'il y a bien une chose qui l'agace, c'est la pseudo-transparence des politiciens et leurs promesses de marchands d'ampoules. Elle ne tolère plus aucun verbiage, alors elle déclare forfait, replie le quotidien et le dépose sur le siège voisin. Ça fera un heureux ou un malheureux, tout dépend du point de vue.

Quand Francine est déprimée, elle prend le bus en bas de chez elle et se laisse conduire au hasard dans Paris. Le visage tourné vers la vitre, elle voit défiler les rues, les faubourgs, l'Opéra Garnier. Il lui semble entendre au loin un petit air d'accordéon. C'est une promenade qui lui coûte un ticket, de la poésie urbaine qui fait du bien au cœur.

Peut-être faudrait-il qu'elle pleure ? Lâcher un seau de larmes pour se laver du passé et détacher ses mains d'un inconnu... Le mystère du père. L'Allemand qu'elle n'a jamais appelé papa. Personne ne pourrait lui parler de lui, puisque tous les aïeux dorment au cimetière. Les tantes jumelles, qui n'étaient pas portées sur les sports nautiques, ont décidé un jour d'aller faire du pédalo à Noirmoutier : le vent a tourné et elles se sont noyées ; de petits crabes leur sortaient par les trous de nez. L'oncle Gilbert, qui sifflotait toujours sur son Solex, est mort sur sa chaise en plein déjeuner, victime d'une crise cardiaque au-dessus d'une omelette aux cèpes. Sa femme est décédée après avoir perdu la mémoire – les souvenirs qui montent au ciel comme de la vapeur d'eau. En fin de vie, elle était aussi agressive qu'une chienne ayant du pus dans les oreilles. Son fils, d'un naturel contemplatif, est resté bouche bée devant la basilique du Sacré-Cœur ; une abeille en a profité pour se loger à l'intérieur et le piquer. Il est tombé raide par terre – réaction allergique. Sa langue ressemblait à celle d'un cétacé.

Tout le monde est mort.

Les pierres tombales s'amoncellent, chacune avec un prénom, mais sans aucun « bien-aimé » ni « regretté ». Francine les détestait. Ils l'ont traitée de bâtarde, de sale boche. Qu'ils aillent au diable, en Solex ou en pédalo ! Les pierres tombales chutent comme des dominos.

Quand le bus passe devant le cimetière du Père-Lachaise, vallonné et verdoyant, Francine ne verse pas une larme. Un enfant assis à côté d'elle profite de cet instant pour lui mettre un doigt dans l'oreille. Elle bondit sur son siège, surprise, brutalement ramenée à la réalité. Le chenapan ne s'arrête pas là et tente de lui mettre un doigt dans le nez. Francine l'esquive avec agilité. Alors il se met debout sur son siège en criant d'une voix stridente : « Tu vas où, madame ? »

La mère court à travers le bus à la recherche d'un autre échantillon de sa progéniture, qui trouve génial de donner des coups de pied aux voyageurs. Et dans ses bras, elle tient un nourrisson qui braille.

Francine décide d'écourter la balade. Elle ne condamne pas la mère dépassée qui jongle entre la maternelle et les couches-culottes – un sport international. Francine aurait désiré, comme elle, connaître cette montée d'adrénaline. Elle aurait voulu avoir plusieurs enfants, mais la vie en a décidé autrement. Beaucoup de fausses couches, beaucoup de maux de ventre, beaucoup de draps ensanglantés. Elle en a allumé, des bougies, et récité des prières ! Et puis, un jour, un fils qui s'accroche aux branches, le fruit de son amour avec Henri, un enfant sage qui ne courait pas partout et qui s'est inscrit dans son projet de vie : fonder une famille, une revanche sur son enfance.

Francine descend du bus en haut du parc de Belleville, abandonnant derrière elle le gamin hyperactif, sa mère et sa fratrie. Elle s'essuie le front du revers de la main. Une maman, c'est déjà un président.

Dans le parc, quelques oiseaux piaillent, mais globalement le monde s'ouvre au silence. Un type boit une bière sur un banc et un jeune, coiffé d'un bonnet jaune banane, fume sur l'esplanade. Le jardin ombragé domine la capitale et offre un panorama splendide. Paris s'étend à perte de vue, femme fatale allongée qui ne dévoilera pas ses secrets. Il faut l'enjôler, lui chuchoter des mots d'amour comme on jette des confettis. Au loin, la tour Eiffel, majestueuse, monumentale, ne penche jamais, même les jours d'orage. La dame de métal se laisse dévisager de tous les points de l'horizon. On lui offre volontiers un poème, quelques vers. Elle invite à la danse et à faire de la balançoire sous ses arches. Combien de Japonais en survêtement se font photographier devant elle actuellement ? Francine sera comme la tour Eiffel : calme, olympienne, inflexible. Une force tranquille. Au soleil qui rougeoie, elle inspire et capte l'énergie de la ville. Elle flaire au vol l'odeur de tabac du jeune d'à côté, tout seul avec sa cigarette et son bonnet en plein mois de mai. Drôle d'idée. Francine a comme l'impression qu'il fume de l'herbe. Peut-être pourrait-elle socialiser avec lui. Peut-être devrait-elle tirer une bouffée, une taffe comme disent les jeunes, histoire de ne pas bader.

16

Quand Ben rentre chez lui, une odeur de tabac froid flotte dans l'appartement. Sa barquette de fraises dans les mains, il fait une moue dégoûtée. Vite, il se précipite pour ouvrir la fenêtre et inspire un grand coup.

— Ça pue ! Tu pourrais aérer !

Ben parle dans le vide. Son mec a déserté les lieux. Un coup d'œil rapide dans la chambre, le lit n'est pas fait, le drap est encore froissé. Devant l'ordinateur allumé traîne un pot de yaourt entamé. Ben constate l'étendue des possibilités d'un fainéant qui trouve la force de se mouvoir du lit au bureau, après une halte devant le frigo. Aucun égard pour celui qui partage sa vie, qui rentre après une rude journée, qui supporte un directeur d'agence neurasthénique doté de lunettes à double foyer, qui aime voir le linge plié et les miettes balayées. Ben n'est pas très fan non plus des restes de saucisse-lentilles qui sèchent au fond de la casserole. Le chômage n'excuse pas tout.

Sur la table de la cuisine, il dépose la barquette de fraises. Il voulait faire plaisir à son mec, qui raffole des garriguettes, mais la moutarde lui monte au nez. Il vide les saucisse-lentilles à la poubelle, rince

la casserole, essore l'éponge. Il pense : « C'est fini ! »
Il se répète : « Trop bon, trop con. » Il regroupe le
linge sale oublié sur le canapé et entre dans la salle
de bains avec la fougue d'une ménagère chevron-
née. Et là, dans une épaisse buée, son mec se la coule
douce, allongé dans la baignoire. Il se détend dans les
vapeurs d'eau chaude en toute impunité. Pour Ben,
c'est un affront.

— Tu te fous de moi ! Tu fais rien de la journée !
T'es même pas capable de nettoyer derrière toi !

Plongé dans l'eau jusqu'aux épaules, la tête posée
contre la paroi de la baignoire, imbibé de mollesse,
son mec ne lève pas le petit doigt. Ne daigne même
pas regarder Ben. Il souffle sur la mousse.

— Tu crois que je vais supporter ça longtemps ?
Tu crois que ça m'amuse ? Tu ne fais aucun effort, tu
ne cherches même pas de travail, et c'est moi qui paie
toutes les factures ! Ça t'intéresse pas, ce que je dis ?
Mais regarde-moi quand je te parle !

Ben tape du plat de la main dans l'eau du bain. Sa
paume fait gicler le bouillon. Son mec ferme une paupière, mimant un début de sieste. Il plie une jambe et
laisse émerger son genou.

— Tu fais quoi ici ? T'attends quoi ? Tu me
tournes le dos, t'as jamais rien à me dire, pourquoi tu
restes ?

Des questions lancées comme des bouteilles à la
mer dont on ne sait jamais où elles échouent. Ben
ne supporte plus l'insoutenable silence de celui qui
partage sa vie depuis sept ans, ce laxisme qui écla-
bousse son appartement, le désamour qui se creuse
chaque jour. Son mec ne cille même pas. Il cultive

l'indifférence avec le plus grand des mépris. Il a occulté le langage émotionnel et érotique, et Ben en a assez d'arrondir les angles. Il ne peut plus se tenir au bord de la baignoire sans avoir l'irrépressible envie de lui enfoncer la tête sous l'eau. Il doit partir, sortir de ce four embué, s'aérer l'esprit.

— J'en ai marre de toi ! Je m'en vais ! J'ai envie de boire une bière et de m'amuser !

Il emporte son téléphone, sa monnaie et ses clés. Au cinquième étage sans ascenseur, mieux vaut n'avoir rien oublié. Il est déjà parti. Autant ne pas mourir d'ennui chez lui. Son appartement est devenu un trou noir dont son mec est prisonnier. Plus rien ne rayonne, aucune perspective d'avenir. Ben veut traverser Paris, marcher sur les ponts, respirer le grand air à pleins poumons, chanter la poésie du poivrot et faire la causette aux clodos.

17

Quand deux frères qui n'ont jamais rien eu à se dire se retrouvent dans un appartement d'étudiant, ils ne changent pas la donne et continuent à ne rien se dire. Ils ne partagent aucune interrogation existentielle susceptible de transformer la face du monde, ne sombrent pas dans un discours humanitaire utopique, ne font aucune référence au paysage politique. Deux frères qui s'ignorent en général et se retrouvent par la force des choses autour d'un plat de lasagnes surgelées ont du mal à communiquer.

Joachim a fait la sieste tout l'après-midi sur le clic-clac, il a récupéré de sa nuit traumatisante. Paul-Arthur a entamé la rédaction de sa thèse, assis en tailleur devant la table basse, bien concentré dans sa bulle de sciences physiques. Ensuite, s'alimenter a été une proposition cohérente, puisqu'il faut bien manger pour vivre et continuer à écrire des thèses. Joachim a pris les devants et s'est gentiment invité à dîner. La dernière fois qu'il a cuisiné pour son frère, c'était jambon-coquillettes – il y a bien longtemps, une époque révolue dont ils ne parlent plus. Ce soir, pas question de jambon-coquillettes – trop régressif. Les lasagnes, le seul plat restant dans le réfrigérateur de l'étudiant, se sont présentées comme une évidence. Et elles sont arrivées, fumantes et dégoulinantes de béchamel.

Les deux frères ne lèvent pas le nez de leur assiette. Joachim trace des sillons dans la sauce avec sa fourchette.

— T'as appelé maman ?

— Oui, lundi dernier.

— Et alors ?

— Ça va.

— Et ton père ?

— Il va bien… Et le tien ?

— J'ai pas de nouvelles.

Une conversation lapidaire pour tout et ne rien dire. On ne creuse pas, on reste en surface, on ne prend pas de risques.

Paul-Arthur engloutit ses lasagnes. Manger vite pour retourner devant sa thèse. Joachim, lui, n'a guère d'appétit. Du regard, il fait le tour du studio de son frère et constate un grand vide. Il tient à partager son point de vue.

— Je sais pas comment tu fais sans la télé.

— Je lis.

— C'est pas pareil.

— La télé rend con.

— Moi, ça m'amuse.

— Tu ferais mieux de lire *La Divine Comédie* de Dante.

— C'est un livre drôle ?

— Ce n'est pas fait pour.

Deux frères qui n'ont pas le même père, ni les mêmes lectures, et que finalement tout oppose, mâchent leurs lasagnes de conserve et ruminent leurs idées en silence. Ils restent aimables autant que possible, sans se réjouir de cette soudaine promiscuité. Ce n'est pas un mauvais moment à passer, c'est juste le temps qui s'étire et reste en suspens, les plaçant en orbite autour de leurs assiettes. Joachim en profite pour lâcher une météorite au-dessus de la béchamel.

— Et sinon, je peux rester dormir ici cette nuit ?

— Tu rigoles ou quoi ?

— J'ai pas envie de rentrer chez moi.

— C'est quoi, ce plan ? Ce sont les parents qui t'ont dit de venir ?

— Mais non, pourquoi ?

— Tu ne t'es jamais intéressé à moi. C'était quand, la dernière fois que tu as pris de mes nouvelles ? Et puis un jour tu débarques avec une tête de chien battu, et il faudrait que je t'écoute toute la soirée ? Et en plus il faut que je t'héberge ?

— Ça va, c'est bon.

— Non, c'est pas bon !

Paul-Arthur laisse tomber sa fourchette. Le repas est terminé. La sauce béchamel restera collée au fond du plat, personne n'ira la saucer d'un bout de pain. Joachim évite le regard de son frère. C'est le moment où il aurait bien aimé trouver un écran de télé pour fixer son attention sur une publicité ou une présentatrice météo en tailleur jaune qui annonce du grand ciel bleu pour le lendemain. Paul-Arthur ramasse les assiettes et les jette dans l'évier dans un grand bruit de vaisselle. Maman a dû parler, c'est sûr. Les mères anxieuses ne peuvent rien garder pour elles et dévoilent leurs petits secrets derrière un mouchoir en papier. Tout sonne comme un mauvais vaudeville, avec des portes qui claquent et des fenêtres qui s'ouvrent par surprise.

— C'est tout petit, chez moi, et je n'ai qu'un canapé-lit. En plus, je bosse sur le développement d'un SNOM à pointe diffusante basé sur l'utilisation d'un diapason en quartz, je ne sais pas si ça te parle ?

Joachim fronce le monosourcil, de toute évidence ça ne lui parle pas. Son visage est tourné vers la fenêtre grande ouverte. Au-dehors, la température est douce malgré la tombée de la nuit. Les Parisiens doivent être dans les bars, en terrasse, les bières fraîches doivent couler à flots. Lui, il est tenaillé par l'intransigeance de son frère.

— Qu'est-ce que tu fais ici, au juste ?

— Bah quoi ?

— Tu es le sportif de la famille, tu as plein d'amis, pourquoi tu es venu chez moi aujourd'hui ?

Joachim reste engourdi sur sa chaise comme un joueur sur un banc de touche. Il revoit la mine réjouie de son ex, son rictus carnassier, sa main posée sur la cuisse de l'autre.

— Mélissa s'est barrée avec un de mes potes. Du coup, je fais confiance à personne. Toi, je sais que tu me prendras pas la tête avec ça, t'es hors jeu.

— Écoute, rentre chez toi ! Ça vaut mieux.

— T'es pas cool.

— Non ! Je n'ai pas le temps d'être cool, je dois surtout résoudre l'équation de dispersion d'un phonon polariton à l'interface air-métal à dix micromètres.

Un ange passe dans le studio d'étudiant, un ange chargé d'électrons. Toujours assis sur sa chaise, les bras croisés, Joachim fronce le monosourcil.

— Ça a vraiment pas l'air marrant, ton truc.

18

Juliette n'a pas envie de rester les bras croisés sur son canapé. Son moteur cérébral se met en route et crée des angoisses intimement liées à son horloge biologique. Les années passent, l'heure tourne ; elle vit en décalage avec ses copines de lycée qui accouchent de leur troisième enfant – qu'elles appelleront Jean-Eudes ou Bob –, avec les passionnées de scrapbooking qui décorent leur album de photos de mariage en écoutant du jazz, avec celles qui montent des meubles suédois de façon méthodique, sans perdre une seule vis, et tapent des mains à la fin pour se féliciter de leur exploit.

Juliette va mettre sa nouvelle robe, la verte, sortir dans un bar et s'accouder au comptoir, commander un cocktail sans alcool, provoquer le changement. Elle va attirer un prétendant, un beau brun sensible et attentionné, un peu baraqué mais pas trop. Elle enfile sa robe verte cintrée à la taille, à la ligne vintage, avec fermeture éclair dans le dos. Devant le miroir, elle rehausse sa poitrine, ajoute un peu de gloss sur ses lèvres, sur les conseils de Goldie. Devant le miroir, elle entend la voix de tonton Francis : « *Hé hé ! T'as des petits nénés !* »

Ce soir, elle espère rencontrer un homme qui ne lui dira pas qu'elle a des petits nénés, sinon elle lui enverra son cocktail à la figure et lui enfoncera la petite cerise confite dans les narines. Elle a fait le tour des psychorigides et des connards égocentriques, des tracassés pas encore sortis de l'œdipe, ceux qui un soir lui disent des mots d'amour et le lendemain qu'elle ne leur rappelle pas assez leur mère, des hyperactifs qui lui collent une gifle parce qu'elle a mal refermé la porte du frigo, des mecs toxiques qui se masturbent au téléphone, des Casanova sur Internet qui devant sa porte se révèlent des Quasimodo.

Ce soir, Juliette fait son possible pour se trouver jolie.

Elle sort dans la rue et croise son reflet dans une vitrine. D'une main, elle balaie sa frange. Son front ça va, mais son nez en trompette ne va pas du tout. Elle entend encore la voix de Tonton Francis et il lui semble sentir ses postillons sur sa joue. « *Hé hé ! T'es une petite coquine !* » Elle s'essuie du revers de la main. Ce soir, elle espère rencontrer un homme prêt à lui parler d'amour comme dans un roman-photo. Des yeux de velours insistants, une coupe de champagne rafraîchissante, une voix chaude et animale qui lui susurre au creux de l'oreille : « On ne vous a jamais dit que vous êtes belle ? »

Sur le trottoir de la rue Saint-Denis, un homme vient à sa rencontre. La cinquantaine, un peu potelé avec une fine moustache, il se colle à elle brusquement, lui pince la hanche et lui souffle :

— C'est combien ?

Juliette recule d'un pas, balaie à nouveau sa frange, pense avoir mal compris.

— Pardon, monsieur ?

— Pour la pipe, c'est combien ?

Juliette a finalement très bien compris la requête de cet inconnu. Elle se replie et croise les bras, cachant ses petits seins, s'effaçant devant le regard libidineux de ce gros porc à moustache.

— Je ne suis pas une prostituée.

— Allez, ça va, c'est combien ?

— Je vends des chaussures, moi !

— C'est ça, tu veux prendre ton pied, hé hé !

Ce rire de vieux vicelard rappelle à Juliette Tonton Francis ou le grognement d'un sanglier en rut, ce qui, pour elle, est sensiblement la même chose. Sur le visage de ce moustachu ventripotent, elle lit toute la concupiscence de l'homme aux abois qui s'arrête rue Saint-Denis pour soulager une envie pressante. Elle vit le quotidien de sa copine Goldie, qui s'est accoutumée à son métier, écarte les jambes et ferme les yeux, complètement blasée.

— Puisque je vous dis que je ne suis pas une pute !

— Et moi, j'veux me faire dégorger le poireau !

— Foutez le camp !

Si Juliette crie au secours, Goldie et ses copines débarqueront en fanfare, avec ongles pointus et bombe lacrymogène dans l'aumônière. Ce soir, Juliette n'avait pas envie d'un coït avec un petit grassouillet rencontré dans la rue, qui la prend de surcroît pour une travailleuse du sexe. Ce soir, elle avait envie de romantisme avec un homme aux bras musclés et au sourire éclatant, qui lui offrirait un Martini blanc et avec qui elle partagerait des olives vertes tout en crachant discrètement le noyau dans une coupelle. Juliette tombe de haut, du moins aussi haut que la portent ses chaussures à talons. Dans la vitrine du magasin, elle jette un coup d'œil à son reflet, cherchant désespérément le détail qui l'assimilerait à une prostituée. Sa tenue est plutôt classique et élégante, son maquillage discret, ses yeux de biche mal aimée n'invitent pas forcément à une éjaculation faciale. Ce gros moustachu s'égare. Il s'est trompé d'interlocutrice, c'est sûr.

— Bon, alors tu fais quoi pour vingt balles ?
— Mais rien !
— Oh toi, t'es une petite farouche !

Le quinquagénaire n'a pas la patience d'attendre. Il veut du sexe tout de suite, consommé sur place, sur un drap chaud comme une barquette de frites où traînent encore des poils pubiens, ça l'excite. Il n'insiste pas auprès de cette sainte nitouche en robe verte qui se contemple dans une vitrine, on dirait un lutin du Père Noël. Il préfère aller voir ailleurs. De toute façon, ce soir, il avait envie de tâter des gros nichons.

— Je vais pas perdre mon temps avec toi toute la soirée, t'es trop moche ! Salut !

Il s'en va, change de trottoir, laissant Juliette les bras croisés devant son reflet avec l'idée qu'elle n'est qu'une mocheté, ce qui résonne comme une sentence.

Dans la vitrine, elle traque ses disgrâces. Elle se trouve trop maigre. Elle se tourne pour évaluer ses fesses. Trop plates. Elle n'est même pas jolie dans cette robe verte, on dirait une sapinette. Les bras ballants, elle reprend à son compte le jugement du gros sanglier. « Il a raison ce con, je suis trop moche ! » Ce soir, elle avait envie d'être belle, de recevoir des fleurs, de s'adorer un peu. Elle ne voulait pas être confondue avec une pute ou une maudite.

Juliette s'efforce de retenir une larme, qui finit par s'échapper. Il est trop tard pour téléphoner à sa psy. Elle préfère rentrer chez elle, se cacher, regarder une rediffusion de *Pretty Woman* à la télé. Pas la peine de sortir dans un bar ni d'espérer rencontrer un beau brun. « Ce con a tout gâché. » Elle refait le chemin en sens inverse et passe devant les affiches des candidats à la présidentielle. De belles affiches avec des slogans sérieux. Quelqu'un a dessiné à l'un la moustache de Groucho Marx et un gros pénis à côté de la bouche de l'autre.

19

Du papier, de l'encre, de la colle. Il en a fallu, de la main-d'œuvre, pour placarder toutes ces affiches. Les candidats à la présidentielle ont leur tête imprimée en grand, comme sur la pochette d'un disque des années 80. Parfois Ben lit quelques slogans en fumant une cigarette, une phrase qui a l'art de retenir l'attention des indécis avant qu'ils aillent à l'isoloir. Mais il n'a envie de chanter aucun refrain, ne s'attarde sur aucune propagande.

Ce soir, Ben trace sa route. Il n'a pas le cœur à la politique, plutôt à l'évasion. Il se sent parisien quand il est juché sur un pont au-dessus de la Seine. Il se confie à la lune.

Sur le pont des Arts, il se tient en équilibre et écoute le sommeil agité de la ville, son souffle court, ses songes fiévreux. La Seine génère la houle et l'excitation de Paris. Elle reflète ses lumières et capture ses halos. Ben aime quand ça clignote sur les flots. Il rassemble une boulette de salive et la crache dans l'eau. Il n'a même pas le temps de compter jusqu'à trois, son crachat a disparu, emporté par le courant. C'est un peu comme son histoire d'amour : passé trois secondes, tout devient confus, dilué, indéterminable.

Sur le pont des Arts, il réfléchit à sa destinée, mais rien ne se profile, sauf un bateau-mouche sur lequel des Japonais en imperméable s'alignent, immobiles. Derrière lui, des étudiants chantent, assis par terre. Chacun tient un gobelet en plastique, des bou-teilles vides roulent déjà au sol. Ben se souvient de ses camarades étudiants à l'IUT de gestion, toujours convaincus de ce qu'il fallait faire mais ignorant ce qu'ils allaient devenir. Ils voulaient construire un tunnel sous l'Atlantique, faire régner la paix sur la bande de Gaza, boire du café issu du commerce équitable... Ben participait aux débats, mais il n'était pas du genre à s'imposer comme meneur pendant les manifs ni à monopoliser le mégaphone. D'ailleurs, les manifs, il n'y restait pas longtemps, il n'a jamais aimé les mouvements de foule.

Les étudiants tapent dans leurs mains. Ils sont joyeux et insouciants, le monde leur appartient. Ben sourit devant cette fatuité de la jeunesse. À leur âge, il doutait de tout. Sa seule certitude était d'être homo-sexuel, d'aimer l'odeur et le corps d'un homme ; il savait qu'il ne se construirait pas sur le modèle de ses parents, que tout serait à inventer et à apprendre, qu'il lui faudrait s'affirmer, surmonter les préjugés, et que ça ne se ferait pas en deux temps trois mouvements. Ce qu'il entreprendrait en retroussant ses manches, ce serait de trouver l'amour, tout simplement. Dix ans plus tard, que sont devenus ses rêves ? Brouillés, comme emportés par la turbulence des flots. Ben a un mec mais il est en train de le perdre définitivement. Animal en voie de disparition. Il retrouve sa solitude d'étudiant quand tout était à imaginer et à bâtir. Dans la poche de sa veste, il a gardé le post-it marqué « Je t'aime ». Il le déplie, il a envie de le jeter à l'eau. Les mots sonnent comme un écho lointain, au fin fond des falaises creusées par le vent et la mer. Ce soir, il ne voulait pas rester chez lui faire la guerre à son mec. Il ne voulait pas non plus ennuyer un ami et vider sa peine dans une conversation poubelle. Il sait tout du bavardage sans fin dans lequel on connaît les problèmes mais pas forcément les solutions. Ce soir, il voulait juste être sur un pont de Paris et communier avec sa ville.

— Salut, toi ! Ça va ?

Une étudiante à la voix de crécelle s'est approchée de lui. Elle porte un gilet tricoté, légèrement démaillé, et se cramponne à son gobelet, complètement éméchée. Ben rassemble ses boucles brunes et lui sourit avec gentillesse.

— On fait aller...

— Tu fais quoi ?

— Rien de particulier, je me balade.

— Tu trinques avec moi ?

L'étudiante lui offre un gobelet de bière verdâtre. Il l'accepte volontiers et fait un bond de dix ans en arrière, quand il avait rencontré son mec au cours d'une soirée à l'IUT. Une approche en douceur, l'air de rien. C'était l'autre qui avait fait le premier pas, d'ailleurs. Il portait un vieux sweat-shirt et une eau de toilette mêlant le bois de santal et la fleur d'oranger. Dans sa main, un gobelet de vin mousseux avait tiédi. Dans ses yeux, l'assurance d'aimer les hommes. Ils avaient trinqué, échangé des banalités, puis projeté de partir se baigner en Vendée pour

92

les vacances ; même si l'eau y est froide, se baigner à poil c'est le retour à la nature, c'est vivifiant. Ben avait très envie de s'essayer au nudisme, de ne faire qu'un avec la nature et avec lui. Son mec avait une voix grave et exquise, rien à voir avec celle de l'étudiante au vieux pull, qui part dans les aigus quand elle est trop imbibée.

— Y a de l'amour ce soir !

— Ah bon ? Où ça ?

— Partout ! Dans l'air, dans les fleurs, dans les abeilles.

— Si tu le dis.

— *Love is in the air, everywhere I look around...*

Ben se tient en équilibre entre deux rives. La lune éclaire Paris et le vent sème la pagaille dans ses boucles brunes. Ce soir, il a envie de redevenir étudiant. Il n'a pas les mêmes élans que cette fille qui rabâche la même chanson en entreprenant des mouvements de bassin, mais il veut retrouver les premiers émois, la course aux espoirs et aux amours estudiantines. La bière n'est pas très fraîche, mais elle est offerte de bon cœur.

Tout est empreint de bons sentiments : c'est une invitation au rassemblement. Joachim rentre chez lui à pas de loup et croise au passage des affiches électorales. Difficile de les rater, elles inondent les trottoirs. Le sourire des candidats, qui voudrait lui faire croire que la photo a été prise sur le vif, manque sérieusement de naturel. Les couleurs pastel et les images de prairie en arrière-plan ne lui donnent pas envie de pratiquer l'accrobranche dans la forêt de Fontainebleau ou le canoë-kayak dans les gorges de l'Ardèche.

Dans son immeuble, rue des Deux-Gares, il toque chez la gardienne pour récupérer ses clés. Elle passe la tête par le carreau, inquiète d'avoir de la visite à cette heure tardive. Un sourire illumine son visage. Elle en voit défiler, du monde, toute la journée, mais là, c'est ce pauvre locataire qui s'est fait larguer hier soir à la télé.

— Oh là là, comment ça va ?

— En fait, je suis parti de chez moi en oubliant mes clés.

— Attendez un instant !

Elle déplie une revue qu'elle cachait dans son dos et la lui colle sous le nez.

— C'est vous, ça !

Joachim est cloué sur le carrelage du hall. Sur une double page, on le voit flanquer un coup de boule au présentateur de l'émission. Une capture d'écran qui s'étale, un cauchemar qui n'en finit pas.

— C'est bien vous, non ?

— Euh… oui.

La gardienne de l'immeuble le serre à présent dans ses bras, trop heureuse de rencontrer une star de la revue dans laquelle elle fait ses mots fléchés. Elle est gentille mais elle empeste le patchouli.

— Et sinon, vous auriez pas un double de mes clés, par hasard ?

Bien sûr qu'elle en a un, surtout pour lui. Ce n'est pas un locataire comme les autres celui-là, c'est la première fois qu'elle connaît quelqu'un qui passe à la télé. Elle est jouasse. Ses désirs sont des ordres, elle lui tend son double de clés. Elle espère même faire une photo.

— Chéri ! Viens voir qui est là !

Le temps d'aller chercher l'appareil qu'elle a acheté sur eBay, qui fait de belles couleurs même en basse luminosité, Joachim a filé par l'escalier. Il a du souffle et une bonne détente. Il n'entend même pas la gardienne lui crier son admiration.

— Et bravo pour le coup de boule !

De retour chez lui, enfin. Tout est rangé, rien ne traîne, ça sent le vinaigre blanc et le citron vert. Ça sent le vide, aussi. Sur la table trône la flamiche aux poireaux que les voisines ont laissée. Il y a aussi une facture d'électricité que son ex n'aura pas la générosité de partager.

Joachim s'affale sur le canapé et décapsule une bière avec les dents. Bien rustre et bien sauvage. Il préfère rester là toute la nuit, pas envie de rejoindre son lit. Il allume la télé et tombe sur la chaîne info qui relate le débat houleux entre les deux candidats à la présidentielle. Mais il n'est pas d'humeur à regarder des gens s'envoyer des reproches à la figure, des phrases éloquentes et bien senties dont la finalité est de dire grosso modo : « Je vous emmerde ! » Ça fait deux soirs qu'il s'est senti rejeté – par sa copine, par son frère ; il s'est pris la claque du désamour qui fouette le sang et laisse une trace cramoisie sur la joue. Il a besoin de tendresse. Ce n'est quand même pas compliqué à demander, un peu de tendresse, dans ce monde de handballeurs, dans ce paysage électoral, dans cette semaine de merde… Un kit de tendresse, ça devrait être distribué dans la rue à tous ceux qui se sont fait larguer dernièrement, à la télé ou ailleurs. Il zappe sur la chaîne des documentaires animaliers. Des singes sont en train de copuler. C'est la reproduction des babouins en milieu naturel. Doucement, il ferme un œil.

21

Francine aurait dû prendre un cachet pour dormir.
Elle écoute son mari ronfler et ne trouve pas du tout
ça drôle. Elle s'est passé de la crème sur les jambes, a
revêtu sa chemise de nuit, mangé une pomme et bu
une camomille. Elle a fait comme d'habitude chaque
soir avant de s'endormir. Seulement voilà, il est déjà
tard et Francine ne trouve pas le sommeil. Dans la
pénombre de la chambre, elle rumine ses pensées.

De l'autre côté du lit, Henri dort à poings fermés.
Il a sorti la poubelle, fermé les volets, mangé un carré
de chocolat, posé sa monnaie sur sa table de chevet. Il a fait comme d'habitude chaque soir avant de
s'endormir, et ça lui réussit plutôt bien. Il a trouvé le
sommeil rapidement, laissant sa femme se poser dans
l'obscurité la question existentielle : sa mère l'a-t-elle
prise dans ses bras quand elle est née ?

Sa mère ne voulait pas d'elle, car les filles mères
étaient méprisées, précipitées dans une rigole, mon-
trées du doigt et moquées outrageusement. Francine-
bébé est probablement passée de bras en bras,
comme on se débarrasse d'un objet encombrant.
Elle a été jetée dans le sac des enfants de la guerre,
ceux qu'on n'a pas désirés mais qu'on a quand même

faits, car la pilule n'existait pas à l'époque et que la faiseuse d'anges ne travaillait pas gratis. Des soldats allemands ont fécondé des femmes françaises, consentantes ou non, puis, quand on les a obligés à faire marche arrière, ils ont traversé le Rhin pour rentrer chez eux déguster un *Apfelstrudel*, l'équivalent de notre tarte aux pommes.

La femme française avait peur du qu'en-dira-t-on, peur de l'accusation et du blâme. Avoir un enfant de l'ennemi, le goût amer de la vergogne. Alors, elle trébuchait délibérément dans l'escalier, se frappait le ventre, s'enfonçait des aiguilles à tricoter dans le vagin, trouvait n'importe quel subterfuge pour perdre le bébé. Francine est une rescapée de l'avortement. Sa mère ne voulait pas d'elle, et pourtant elle est née. Tout ce que pouvait faire sa mère c'était la nier, refuser de reconnaître l'enfant à la naissance dans l'espoir d'obtenir le pardon et de trouver son salut.

Allongée dans son lit, Francine cherche de quel désir elle est issue. Elle espère que sa mère était sous le charme de son père et ne contrôlait plus son excitation. Elle aurait battu des cils, il lui aurait fait un baisemain. Après une danse, elle se serait déshabillée à la lumière d'une bougie et se serait offerte à lui comme une marquise, en poussant des soupirs, prête à mourir de plaisir une fois qu'il se serait aventuré en elle. Mais Francine appréhende que sa mère ait été violentée et forcée à des rapports sexuels avec un bidasse allemand. Il l'aurait aperçue dans la rue, l'aurait suivie et plaquée contre un mur de brique. Il lui aurait arraché la culotte et écarté les cuisses avant de la pénétrer sauvagement en massacrant son nid d'amour. Francine connaît techniquement son processus de création mais ignore tout du désir qui l'a engendrée. Au milieu de l'atrocité de la Seconde Guerre mondiale, elle veut entendre parler d'amour. Elle espère seulement que, cette nuit-là, quand le spermatozoïde allemand a fécondé l'ovule français, sa mère était au septième ciel.

Dans un ronflement, Henri se retourne et pose une main protectrice sur la hanche de sa femme. Porte de Bagnolet, il y a de l'amour, c'est sûr. Il y a aussi un souffle chaud qui bourdonne à l'oreille de Francine. Elle sifflote un air de Claude François dans la pénombre de la chambre. Rien n'arrête son mari : il est imperméable au sifflement et réfractaire au disco. Alors, bloquée par une patte d'ours, Francine n'ose s'aventurer hors du lit. Elle reste allongée, ressasse un passé qu'elle ignore, échafaude des bribes d'histoires, imagine tout ce qu'on lui a caché. Trop énervée pour trouver le sommeil, elle compte les moutons, ou plutôt les bulletins de vote, c'est d'actualité, et se demande si en ce moment, avec le stress des élections, les deux candidats à la présidentielle prennent un petit cachet pour dormir.

22

Elles sont en ébullition, frétillantes au petit matin, criant leur joie en mâchant du chewing-gum au cassis. Les étudiantes.

— Joachiiim ! Je t'aime !

— T'es trop beau !

— Fais-moi un enfant !

Quand Joachim pénètre dans le bureau de l'auto-école, un vent de folie le plaque contre la porte. Il n'ose avancer d'un pas sous peine d'être violé devant le rétroprojecteur. Il vit l'extase, ou l'angoisse, d'un leader de *boys band* sur le point de se faire arracher sa chemise. S'il tente un mouvement, elles lui sautent dessus ; s'il n'en fait rien, elles lui sautent dessus aussi. Joachim a un problème, qu'ont connu bien avant lui les Beatles ou les New Kids on the Block.

En pleine effervescence hormonale, les jeunes conductrices ont débarqué ce matin dans l'auto-école, guidées par le bouche à oreille. Elles se sont toutes passé le mot : « Truc de dingue ! Tu sais, l'beau mec largué à la télé ?... Il bosse dans l'quartier et il t'apprend à conduire si tu veux, j'hallucine ! » Elles sautillent sur place tout en secouant leurs longs cheveux décolorés à l'eau oxygénée.

— Ton ex, c'est trop une conne !

— Qu'elle crève !

— Graaave !

Toujours scotché à la porte d'entrée, Joachim fronce le monosourcil. Les filles sont remontées à bloc. Elles mastiquent en rythme leur chewing-gum au cassis, les yeux exorbités vers l'objet de leur fantasme. Il est grand, le biceps saillant, trois poils qui dépassent de son T-shirt. C'est une bombe.

Devant lui surgit son patron, le sourire en tranche d'orange et les deux pouces levés.

— Bravo, mon grand ! On double notre chiffre d'affaires grâce à toi ! On est la team leader des auto-écoles !

Lui aussi mâche un chewing-gum, au goût anis. Ses yeux brillent devant tant de rentabilité. Les billets de banque pleuvent et il danse la gigue sous l'oseille. Joachim est écœuré par les parfums chimiques de cassis et d'anis qui se mélangent autour de lui.

— Joachiiim ! Prends-moi en voiture avec toi !

— Non, avec moi !

— Vas-y, prends-moi !

Joachim se demande ce que ferait un Beatle ou un New Kid on the Block à cet instant précis. Il a une bonne foulée mais pas leur jeu de jambes. Il ne va pas s'éclipser en moonwalk par la porte de service. Il constate que beaucoup de gens ne se sentent pas concernés par le débat électoral ces derniers jours, et c'est bien là le problème. Un nouveau président pourrait apporter le grand changement. Joachim, lui, n'apporte rien, il n'est d'aucun enjeu politique. Il devient seulement à son insu un excellent communicant, l'emblème de ceux qui ont été trahis, et tout le monde se reconnaît en lui pour l'avoir été au moins une fois dans sa vie. Il sait que cette horde d'étudiantes est prête à lui arracher l'élastique de son slip. Il est condamné à être lacéré par leurs ongles vernis, dans le bureau de l'auto-école. Il vivrait un cataclysme sans l'aide inopinée d'un allié, un jeune homme fluet qu'on n'avait pas remarqué, aux cheveux en péril avec l'électricité statique et qui flotte dans sa chemisette.

— Excusez-moi, j'avais pris rendez-vous avec Joachim et je suis arrivé en premier.

Pour les filles, c'est un affront. Le monde vient de s'écrouler. Elles déportent leur attention sur ce gringalet qui semble vouloir accaparer leur idole et le fusillent du regard. Il s'impose froidement. Elles pourraient le tuer. Joachim le remercie intérieurement d'être venu le tirer de ce guêpier. Le freluquet ne mâche pas de chewing-gum mais il fixe sa montre chrono étanche avec alarme intégrée.

— On y va ? On est déjà en retard.

Plaqué contre la porte d'entrée, Joachim approuve d'un léger mouvement de tête.

23

Pour un sachet de chouquettes, Ben s'est mis en retard. Il a fait un détour par la boulangerie près du canal Saint-Martin. Ici, la baguette tradition est érigée en star. On ne se contente pas de la manger, on la magnifie : on dit que sa mie est voluptueuse ou aérienne, on en fait une poésie.

Ben a réclamé des chouquettes comme si c'était une question de survie. La boulangère a reconnu dans son regard la détresse qu'elle entrevoit chaque matin chez ceux dont la viennoiserie est le seul plaisir quotidien. Elle en voit passer, des Parisiens anxieux ou phobiques, qui prennent des pilules pour qu'on leur foute la paix, pour stopper tout ce bruit dans leur tête, des gens qui se grattent les joues ou fondent en larmes devant un pain aux raisins. Toute la société se rassemble devant ses croissants au beurre, de l'*executive woman* au punk à chien.

La boulangère a tendu avec empathie à Ben son sachet de chouquettes en le remerciant et en lui souhaitant une bonne journée. C'est sa petite contribution pour distiller un peu de bonheur – de l'anxiolytique à base de farine. La chouquette est une bouchée fondante. Son destin est éphémère, elle doit coller aux molaires et remplir le ventre, être sucrée et rassurante. Elle apaise les maux, combat le stress, elle fait du bien.

Ben presse le pas en terminant son petit déjeuner dans la rue, la main plongée dans le sachet. Il sent les grains de sucre s'effriter entre ses doigts. Il oublie un instant la misère qui plane sur sa vie de couple. La chouquette c'est la vie, la vraie, celle qui crée des illusions quand on n'en a plus. Dehors il fait beau, la matinée est douce. Ce soir, Ben est invité chez son supérieur hiérarchique ; ils vont parler d'avenir au sein de l'agence postale, et de promotion certainement. Ben mâche une chouquette et pointe du doigt le grand changement.

— Z'avez une petite pièce ?

Un vieil homme à barbe grise et chemise délavée fait la manche sur le boulevard Magenta. Ben lui tend son sachet. Des chouquettes, c'est tout ce qu'il peut lui offrir, mais c'est déjà un goût de paradis. Il faut savoir offrir de la pâte à choux sans rien exiger en retour – un peu d'humanité dans cette jungle urbaine.

— Roooh, j'veux des sous, moi !

Ben avance tout droit devant avec le sentiment d'avoir accompli une bonne action. Il laisse derrière lui le vieil homme à barbe grise qui urine devant l'affiche d'un candidat à l'Élysée.

— C'est moi l'président ! Z'avez une petite pièce ?

Au carrefour, le jeune homme traverse le passage piéton sans prêter attention à l'auto-école qui arrive droit sur lui. Soudain, un crissement de pneus. Il a le réflexe de bondir sur le trottoir. Le véhicule a freiné sec. Il a manqué de le renverser sur la chaussée. Ben a échappé de peu à la mort. C'est à peine s'il aurait eu le temps auparavant de savourer quelques chouquettes.

24

Joachim a pilé sec. Le gringalet vient de rebondir sur le volant. Il a failli renverser un passant.

— Oh le con ! T'as failli le tuer !

— Il traverse la route sans regarder.

— Priorité aux piétons !

— J'ai calé.

— C'est pas comme ça que t'auras ton permis.

— Et maintenant, qu'est-ce que je fais ?

— Redémarre.

L'étudiant a des cheveux électriques qui pointent vers le ciel et la main qui plonge vers le bas. Il passe la première. Derrière lui, les voitures klaxonnent. Dans un soubresaut, l'auto-école franchit le passage piéton et continue sur sa lancée.

— Je vérifie dans le rétro, je passe la seconde.

— Voilà, c'est ça. Tu prendras à droite au carrefour.

— Je mets le cligno.

— Fais attention au vélo !

La voiture s'engage rue du Faubourg-Saint-Martin et Joachim garde les deux pieds sur les pédales de commande. Dans son auto-école, il a encore le contrôle de la situation, c'est tout ce qu'il parvient à

gérer pour le moment. Il ne se fait pas piéger, ni larguer en direct devant des millions de téléspectateurs ;
il n'est pas en roue libre avec un moteur enrayé
qui l'entraîne droit vers un abribus. Il demeure en
confiance, en totale maîtrise des choses. Dans son
auto-école, il est assis à la place du mort mais il est
encore bien vivant.

La circulation ralentit et pourtant l'étudiant reste
concentré au volant. Entre un fleuriste et une boutique de fripes, il ose même engager un brin de
conversation avec son moniteur.

— Je t'ai vu mercredi soir à la télé.

Joachim se crispe sur son siège. Froncement de
monosourcil.

— Vous allez me lâcher avec ça ?

— Comment elle t'a berné, cette fille !

— Bon, ça va maintenant !

— Tu sembles contrarié.

— Y avait pas autre chose à la télé ?

— Le débat électoral devient assommant, les
politiciens nous envoient droit dans le mur.

— Toi aussi, tu vas y finir ta route.

— Justement, on va où comme ça ?

— J'en sais rien !

Quand on se fait larguer, on est passager d'une
automobile lancée sur un rond-point qui tourne sans
jamais trouver la sortie. Le paysage défile jusqu'à
vous donner un léger haut-le-cœur. Parfois, on se
mange du bitume ou un platane ou une caravane
arrêtée en double file. Ça fait mal.

— Tu tourneras à gauche sur le boulevard.

— Je mets le cligno, je vérifie dans le rétro.

— Voilà, c'est ça.

La voiture passe devant l'arc de la porte Saint-Martin, aérodrome à pigeons, et dévie en direction de la place de la République. Pris dans un bouchon et un silence de plomb, l'étudiant sent comme un petit malaise. Il jette un coup d'œil à sa montre chrono étanche. Il proposerait bien à Joachim de garer la voiture en double file et d'aller se taper une grille de loto dans un bar-tabac – un peu de chance au jeu quand on n'a pas de chance en amour –, malheureusement ils n'ont pas toute la matinée devant eux.

— Tu sais, tu peux te confier à moi si tu veux.

— J'ai rien à raconter.

— Les femmes sont terribles parfois, moi aussi je me suis fait larguer. En plein cours de trigonométrie.

— Ah bon ?

— Zoé m'a balancé que j'étais super naze.

— Ah… désolé.

— Tu vois, ça arrive à tout le monde. C'était une conne.

— Je n'ai pas osé le dire, mais je l'ai pensé.

Au milieu d'un boulevard, stoppé à un feu, Joachim se sent soudainement moins seul. Un gringalet en chemisette, avec un bouton d'acné qui pousse sur la joue droite, lui apporte son soutien. Toute la France se mobilise, y va de sa poignée de main ou de son bisou, de sa flamiche aux poireaux ou de son oreille amie. On ne laisse pas Joachim dans un coin, les gens veulent le remettre d'aplomb, lui redorer le blason.

— En plus, toutes les filles sont folles de toi.

— Je te les laisse.

— En attendant, ce n'est pas moi qu'elles regardent.

— Je préfère qu'on me foute la paix.

— Et moi, j'aimerais bien être à ta place.

Silence dans la voiture. Joachim se rend compte que tout le monde l'aime, un peu trop parfois. Alors il pose une main sur l'épaule de l'étudiant, une façon de lui dire merci, d'être solidaire entre mecs largués, de lui assurer qu'avec un bon savon antibactérien il connaîtra des jours meilleurs, que la trigonométrie ce n'est pas son truc mais qu'ils pourraient être bons potes malgré tout. Les passerelles entre les mathématiques et le handball sont fines, mais elles existent certainement.

Les mecs entre eux, ça ne pleure pas sur l'épaule du voisin, ça ne se raconte pas des mièvreries sur le sort que leur infligent les femmes. Les mecs entre eux, ça s'aligne au sol pour accomplir quatre séries de cinquante pompes, suivies d'une douzaine de tractions avec menton au-dessus de la barre, et un parcours du combattant en rampant sous des fils barbelés. Ça peut aussi s'émouvoir devant la naissance d'un bébé koala dans un documentaire animalier.

— Tu continueras tout droit vers Bastille.

— Je pourrai faire un créneau ?

— On verra ça devant le Cirque d'Hiver.

— Au fait, tu vas voter pour qui, toi ?

— Avance ! T'entends pas que ça klaxonne derrière ?

— Je passe la première, je vérifie dans le rétro.

Au bout du tunnel, Juliette verra la lumière du jour. Elle marche au milieu des usagers des transports en commun. Elle les frôle, ne les touche jamais. Elle reste autant que possible isolée de tout contact. Bien sûr, elle a déjà senti une main aux fesses dans le métro, une main qui lui a rappelé Tonton Francis. « *Hé hé ! T'as un joli cucul !* » C'était à l'heure de pointe, les gens étaient pressés les uns contre les autres, alors elle n'allait pas crier au viol.

Elle monte l'escalier vers la sortie, ses baskets aux pieds, tenant à la main un sac plastique qui contient les chaussures à talon qu'elle met pour travailler. Elle en a marre de se tuer les chevilles en traversant Paris. En plus, elle s'est trompée de sens, ce qui rallonge son parcours vers les grands magasins. Elle n'a pas toute sa tête en ce moment. Elle sort à la station Filles-du-Calvaire, devant le Cirque d'Hiver, fatiguée de sa courte nuit. Elle a envie d'être comme ces femmes intelligentes et détendues, à la démarche souple et à l'œil affûté, qui secouent leurs cheveux soyeux en disant : « Enfin Michel, tu sais bien que j'ai toujours du chocolat Kinder à la maison ! »

En haut des marches, essoufflée, elle se fait la réflexion qu'elle ne comprend pas toutes ces filles qui se ruent aux cours de body step le soir. Sous ses yeux, une auto-école tente un créneau raté ; l'apprenti conducteur n'a pas l'air doué et le moniteur semble exaspéré, il s'agrippe à la poignée en haut de la vitre. Tout est stress et affolement. Juliette reprend son souffle. À l'extérieur, tout est pierre, bitume et bruit de klaxons. Alors, elle flanche. Elle s'assoit un instant sur une marche pour récupérer de son effort. Elle lisse la jupe de son tailleur qu'elle a dû froisser dans le métro et constate avec stupeur qu'elle a filé son collant. Elle grimace. Dans son miroir de poche, elle observe les ridules qui creusent de petits sillons au coin de ses yeux, des ridules qui n'étaient pas là hier et qui vont se multiplier jusqu'à l'apparition de gerçures et de crevasses. Et bientôt ce sera affaissement des joues, desquamation de la peau, déchaussement des dents, et il n'y aura personne pour l'appeler mamie en lui faisant un bisou le dimanche midi.

Juliette panique au milieu des émanations de pots d'échappement. Elle détache ses cheveux et sent le drame monter en elle. Sa pupille tressaute et son menton tremble. Elle craque et se met à pleurer en haut des marches. C'est toujours quand on en a besoin qu'on ne croise pas de vendeur de cannabis sur son chemin, un type jovial qui passerait avec un chariot rempli d'herbe en écoutant un tube de Bob

Marley. Une rencontre inopinée qui fait planer, qui sauve la vie, l'espace d'un instant. Juliette cache son visage entre ses mains par pudeur, tente de retenir la goutte de mucus qui s'échappe entre ses doigts. Toute tentative de pleurer avec glamour est vouée à l'échec.

Une dame âgée sortant du métro la voit avachie en haut de l'escalier. Elle lui lance un euro. « Pauvre enfant », dit-elle. Avec son collant filé et le mucus qui s'étale sur sa joue, Juliette se rend à l'évidence : elle fait pitié. Les yeux embués, elle décide de contacter sa roue de secours et de téléphoner à sa psy.

— Allô.

— Faut absolument que je vous parle !

— Qui est à l'appareil ?

— C'est Juliette.

— Ce serait bien de dire bonjour d'abord.

— Je peux venir aujourd'hui ?

— On a rendez-vous la semaine prochaine.

— On vient de me prendre pour une clocharde et j'ai de la morve sur le visage.

— Ok, venez me voir en fin de journée.

Les problèmes de Juliette ne sont pas forcément plus urgents que ceux des autres, mais elle arrive à s'imposer et à se caler entre deux rendez-vous.

Devant elle, l'auto-école vient de réussir son créneau. Le jeune conducteur s'y est repris à douze fois. Alors elle s'essuie la joue du revers de la main et se relève, prête à partir travailler avec madame Claudine et à vendre des chaussures de marque allemande toute la journée.

Une femme vient à sa rencontre, tenant par la main une petite fille à la chevelure dorée et soyeuse qui embaume le miel et le nectar de capucine.

— Vas-y ma chérie, donne à la dame.

La fillette s'approche timidement et lui tend un ticket-restaurant. Juliette explose en larmes, expulsant une giclée de mucus par la narine gauche.

26

Telle une trapéziste sur le point de s'élancer dans les airs, Francine prend une grande inspiration. Ce matin, devant le miroir de sa coiffeuse, elle s'apprête à faire le grand saut : elle va pardonner à sa mère toutes ces histoires, ces regrets, ces dommages collatéraux issus de la guerre. Elle va lui déclarer son amour à titre posthume, puisqu'elle ne l'a jamais fait de son vivant.

Elle porte la main à son abdomen. La voix doit partir du ventre et s'élever comme un écho. C'est au-delà du grand saut. Elle aime sa mère malgré tout, malgré l'abandon, malgré l'embarras, malgré le poids de la honte. Ce matin, elle va se faire justice. Elle sera plus forte que la guerre. Elle va tirer un trait sur une époque et dire : « Je t'aime, maman. » Elle aime sa mère car elle lui a fait le plus beau cadeau : elle lui a donné la vie.

Chienne de vie qui a commencé dans les brimades et les cris, les chansons sur des hirondelles auxquelles on donne des coups de bâton. Francine-enfant se relève, sèche ses larmes et affûte ses petites armes. La vie n'est pas ici mais ailleurs, et ailleurs c'est l'internat, l'école de couture, les premières amies, celles qui ne la montrent pas du doigt et ne la prennent pas pour un être illégitime et scandaleux, mais pour une chic fille, naturellement. Avec elles, il y a les roudoudous, les nougats, les glaces à la fraise le dimanche au jardin des Tuileries, et puis Charles Aznavour à l'Olympia. Elles sont arrivées ensemble au concert, et Francine en est repartie avec Henri. Elle a applaudi le chanteur, assise à côté d'un beau brun qui portait un pantalon de flanelle et une chemise blanche, très élégant. Il était un peu timide au début mais, entre deux chansons, il a osé lui demander comment elle s'appelait. L'amour est plus fort que tout, Charles Aznavour le chante si bien. L'hirondelle ne reçoit plus de coups de bâton, elle est annonciatrice des beaux jours. L'hirondelle s'incarne dans un auteur-compositeur-interprète d'un mètre soixante. Sans Charles Aznavour, Francine n'aurait jamais rencontré Henri. C'est un cadeau qui n'a pas de prix.

Son mari, justement, ouvre soudain la porte de la chambre.

— Chérie, il n'y a plus de dentifrice !

— Mais si, regarde dans le meuble du dessous.

Henri referme la porte et Francine se concentre à nouveau. Elle pose les deux mains sur son ventre. La voix doit sonner vrai et s'élever au plus haut. Les mots vont abattre les murs, s'envoler au ciel et parvenir à sa mère. Comme un chant d'oiseau. Ça va venir, c'est sûr. Ça devrait venir. Francine essaie mais n'y arrive pas. Elle laisse à peine échapper un soupir. Un poids étouffe les vibrations de ses cordes vocales. De nouveau, la porte s'ouvre.

— Chérie, je ne trouve pas le dentifrice !

— Ah, mais tu m'embêtes ! Va changer de lunettes, t'as regardé en dessous ?

— Oui.

— Bon, alors regarde au-dessus !

Henri referme la porte. Francine ferme les paupières et repose les mains sur son ventre. Elle implore sa voix de s'élever au firmament. Ce devrait être naturel de dire : « Je t'aime, maman. » Sa respiration se bloque et ne dépasse pas le diaphragme. Un souffle d'air reste en suspens dans sa poitrine. Francine se fait violence. Un petit effort. Et voilà Henri qui ouvre encore la porte.

— Il n'y a rien, ni en dessous ni au-dessus.

— Qui cherche trouve.

— Alors, viens m'aider.

— Tu ferais quoi sans moi ?

— Et toi, tu fais quoi toute seule devant ta coiffeuse ?

— Enfin, c'est évident ! Je me fais belle pour toi.

Francine part à la recherche du tube de dentifrice perdu. Il faut s'occuper des vivants avant tout. Elle quitte sa chambre et laisse devant le miroir de sa coiffeuse une brosse à cheveux et une déclaration d'amour en suspens.

27

Ben a déjà fait deux allers-retours à la photocopieuse. Il a tendu l'oreille pour épier ce qui se racontait, des révélations, des annonces en fanfare. Il a même fait le guet devant la vitre opaque du bureau du directeur d'agence pour capter une conversation, mais il n'a obtenu aucune information. Daniel ne parle pas. Daniel envoie surtout des e-mails lapidaires, pour dire : « Pas le temps », « Dossier en cours, j'y pense », « RDV ce soir ». Ce soir, Ben dîne chez Daniel et il aurait aimé avoir un avant-goût de ce qui se trame.

C'est une collègue qui le déloge des parages de la vitre opaque, celle qui s'habille en beige et se promène à toute heure un dossier à la main, pour bien montrer qu'elle est très occupée, toujours dans le feu de l'action.

— Qu'est-ce que tu fais là ?

— Rien… Je fais le guet.

— T'es le gay qui fait le guet, c'est ça ?

La collègue ne rit même pas à ses propres blagues. Elle attend que les autres se fendent la poire, mais il est difficile d'esquisser ne serait-ce qu'un sourire. Elle croit bon de faire des jeux de mots en général et sur les homosexuels en particulier. Ben ne peut pas lui rendre cette faveur puisqu'elle n'est ni lesbienne, ni blonde, ni belge, ni naine. Sa fadeur la rend intouchable. Il retourne à son guichet dans l'ignorance des mouvements internes de l'agence – qui s'en va, qui est promu, qui devra faire preuve de compétence managériale. Il espère que ce ne sera pas cette collègue avec ses blagues pourries. Ben entrevoit cette promotion comme un sourire de la vie, un peu de bouleversement, du changement qui appelle le changement, c'est dans l'air en ce moment.

— Et sinon, tu vas voter pour qui, toi ?

La collègue revient à la charge, avec un sujet brûlant et un dossier sous le bras. Elle pose la question que tout le monde se pose en ce moment. La France se rassemble autour de cette élection, mais se divise lors des débats. Les collaborateurs se fâchent, les amis se boudent. C'est la dislocation du peuple partout sur les réseaux sociaux, dans les supermarchés, même dans les vestiaires à la piscine. Les nageurs enfilent leur bonnet de bain et interrogent : « Tu votes pour qui, toi ? » Ils mettent leur pince-nez et commentent avec une voix de canard : « M'enfin ! On peut pas baser un programme politique sur ce connard ! » Ils se tapent deux longueurs de bassin en dos crawlé et, arrivés en bout de course : « T'es trop conservateur, mon gars, et pas assez axé sur la modernité. » Ils dégoulinent, sentent le chlore, et se positionnent sur le plongeoir, prêts pour un cent mètres brasse : « Et moi je t'emmerde ! » Partout en France, on se concerte dans des salons douillets ou au bistrot du coin. Les gens grignotent des chips, échangent des points de vue intéressants mais se sentent incompris. Ils font l'inventaire de ce qui ne va pas, car ce qui va bien on s'en fout, ça roule, c'est huilé. Ils commencent des phrases par : « Alors le problème, c'est que... », pointent le doigt sur quelque chose d'imminent, prédisent l'apocalypse. Parfois ils se contrarient mutuellement : « Pas d'accord avec toi, Jean-Luc. Moi, je crois que le problème, c'est surtout... » Chacun y va de sa pique, de son coup de batte, jusqu'à ce que l'un coupe la chique aux autres : « Je comprends ton point de vue, Bernard ; seulement, la principale réorientation culturelle et politique provoquée par l'effondrement de la structure de nos sociétés basées sur l'auto-affirmation du système capitaliste comme étant la seule théorie viable traverse l'esprit de toutes les diversités idéologiques. » À ce moment-là, tous prennent le parti de se taire et de réfléchir gravement à ce qui vient de se dire en faisant craquer des chips sous leurs molaires. La politique ne laisse personne indifférent. Sauf Ben. Lui, il n'admire aucun leader, ne se rallie à l'avis de personne.

— Je ne sais pas encore pour qui je vais voter.
— Ah bon ? Mais c'est dimanche !
— Les discours sonnent faux, on s'y perd un peu.
— C'est la pagaille chez le gay, c'est ça ?

Si la collègue en beige pouvait rire de ses propres jeux de mots, ça déclencherait peut-être un semblant d'hilarité chez son auditoire. Ben ne s'interroge pas sur son rôle d'électeur, seulement sur sa vie amoureuse. Accélérer les réformes, augmenter la compétitivité des entreprises, diminuer la pression fiscale, tout ça c'est très bien, mais dimanche Ben annoncera à son mec qu'il le quitte définitivement. Il ne supporte plus d'être regardé comme un chewing-gum collé sur la table. Il mettra fin à sept ans de vie commune et ne sait pas comment l'autre réagira. Il s'y attend sûrement. Il n'a fait aucun effort. Et dans l'appartement, l'érosion du couple exhale une odeur d'œuf pourri. Dimanche, pendant que tout le monde sera devant les urnes, son appartement va se fissurer par le plafond – non pas des larmes qui coulent, mais de la pierre qui s'effrite. Ben reste en marge avec le courage de sa non-opinion. En attendant, les gens peuvent toujours se taper dessus à la piscine ou devant un bol de chips.

28

Francine entend un couinement. Depuis son jardin, rue Irénée-Blanc, elle jurerait que ce sont des appels de détresse, des gémissements. Elle peut détecter un chagrin à quelques mètres, habituée qu'elle était toute petite à écouter sa mère pleurer, le soir, de l'autre côté du mur. Les murs, c'est comme du papier buvard, imprégné des larmes d'une maman.

— Ça couine.

— J'entends pas couiner, moi.

— Tais-toi, Henri. Je te dis que ça couine !

Francine s'aventure dans le jardin et scrute la haie de lauriers. Quelqu'un appelle à l'aide de l'autre côté. Elle s'approche de la clôture et perçoit des sanglots qui tombent du ciel. Elle ressent un malaise, même s'il provient de la maison d'à côté. Francine est intuitive, d'une sensibilité exacerbée. « Pourquoi tu pleures, maman ? — Va te coucher, Francine ! » Dans ses souvenirs, sa mère a les paupières gonflées, le visage tordu par l'amertume, elle boit un peu pour oublier et cache les bouteilles vides sous le lit.

— Où tu vas comme ça ?

— Chez la voisine.

— Pour quoi faire ?

— Ça couine, je te dis !

N'écoutant que son cœur, Francine agit au plus vite. La mère Teresa qui est en elle la prie de tendre la main aux âmes blessées. Elle passe le portail et s'engage sur le trottoir. Juste à côté de chez elle, c'est la maison de Manée. Sans être invitée, elle s'introduit dans son jardin. Le portillon ne ferme plus depuis des années. Elle s'avance vers la porte d'entrée. La fenêtre de la cuisine est ouverte et laisse échapper une odeur d'oignons frits.

— Coucou, Manée !

Personne ne lui répond, mais toujours ces couinements. Francine ouvre la porte sans effraction. Un vieux tapis sale recouvre le sol du couloir. Sur une commode en bois, un vase en céramique est recouvert de poussière. Elle s'avance lentement et jette un coup d'œil dans la cuisine. Dans la poêle, les oignons continuent de frire à feu doux. Elle continue son chemin à travers la maison et remarque que, par endroits, la tapisserie est décollée.

— Manée ! Vous êtes là ? C'est Francine…

Tout au fond, une porte en bois entrebâillée d'où s'échappent des cris de bête. Francine en a le cœur serré. La porte grince et donne sur un escalier en béton. Francine descend les marches qui mènent à la cave. La mère Teresa qui est en elle la prie d'aller jusqu'au bout de sa mission et de défendre l'opprimé. Les cris d'un animal apeuré couvrent le bruit de ses pas. Tout en bas, elle trouve sa vieille voisine le bras levé, brandissant d'un air menaçant une tapette à mouches.

— Manée, mais qu'est-ce que vous faites ?

La vieille femme se retourne en sursaut.

— Oh ! Vous m'avez fait peur !

— On entend couiner jusque dans la rue.

— C'est Nina ! Elle m'a encore fait des saloperies !

Recroquevillée sur le ciment, tremblante, la petite chienne gémit.

— Vous l'avez encore frappée ?

— Elle me dégueulasse tout !

— Enfin, Manée, c'est cruel.

— Cette sale bâtarde !

Sur le ciment, dans la froideur de la cave, résonne le mot « bâtarde ». Francine éprouve une décharge électrique à haute tension. Elle voit la tapette à mouches, elle entend des enfants chanter : « Nous la rattraperons, la p'tite hirondelle, et nous lui donn'rons trois p'tits coups d'bâton… » Elle sent l'odeur âcre de la haine mêlée au moisi des murs humides. Sans sommation, d'une main vengeresse, elle gifle la joue fripée de l'octogénaire. La vieille Manée en tombe presque par terre. Francine a outrepassé sa mission. La mère Teresa qui est en elle s'est un tantinet égarée.

— Oh, Manée ! Je suis désolée, c'est parti d'un coup.

— Vous êtes folle !

— Je ne vous ai pas fait trop mal ?

— Foutez l'camp de chez moi !

— Arrêtez de frapper ce chien, vous aussi !

— Vous êtes le diable !

La vieille voisine hurle. Et le ciment est prêt à se lézarder sous ses pieds.

— Vous êtes le diable !

Venue en pacifiste combattre la tyrannie, Francine se transforme en assaillante de dame âgée. Elle tourne les talons et gravit les marches au pas de course, s'enfuit à travers la maison. La mère Teresa qui est en elle la condamne à présent : « Tu frappes des vieilles ! Honte sur toi ! »

Francine sort par le jardinet. Le quartier est désert, aucun passant. Elle repart comme elle est venue. Elle regagne son portail, son jardin, sa maison. Vite, elle s'abrite comme un lapin dans son terrier, referme la porte derrière elle. Henri est assis au salon, sa grille de mots fléchés à la main.

— Qu'est-ce qui t'arrive ?

— Si tu savais… J'ai giflé la voisine.

29

Juliette ne sera jamais une sainte qui vient en aide aux plus démunis. Calcutta, les lépreux, les bidonvilles, tout ça ne la passionne guère. Elle veut rêver un peu, se marier, avoir des enfants, peut-être des jumeaux – mais pas monozygotes, c'est trop fusionnel –, bien porter la jupette de tennis même après trois accouchements, repousser les avances d'un moniteur de ski sur une terrasse ensoleillée à Courchevel. Toute la journée, elle a fendu l'air dans le grand magasin, faisant des allers-retours dans la réserve pour chercher la bonne pointure et satisfaire des clients slovaques ou biélorusses venus claquer leur blé à Paris dans la chaussure de marche, la chaussure solide à semelle fiable. Madame Claudine est arrivée en retard et repartie en avance, se contentant de lever le nez de sa caisse une fois ou deux pour dire aux clients venus de l'Est : « Vous me chiez dans les bottes ! »

Travailler avec madame Claudine n'offre pas une grande marge d'épanouissement. Juliette en a gros sur la patate et elle aimerait parfois la pousser hors du magasin, la forcer à prendre une retraite anticipée, la voir partir s'installer dans une isba au bord de la mer

Caspienne. Les bras chargés de boîtes à chaussures, Juliette a monté et descendu des marches, bravé un stock de réserve mal éclairé, gravi des escalators en panne, frôlé le lumbago – mal de dos fréquent chez l'adulte de plus de trente ans –, tout ça pour voir un Biélorusse qui pue des pieds surtout en fin de journée lui faire non de la tête et repartir les mains dans les poches.

Le soir venu, elle s'écroule sur un siège face à sa psy, le cheveu sec à cause de la climatisation du magasin. Elle ne vient pas en aide aux plus démunis, mais aux vacanciers touchés par la prospérité. Elle n'est pas près d'être canonisée. Elle est surtout psychanalysée.

— Hier, on m'a prise pour une prostituée.

— Mmm...

— Et ce matin, pour une mendiante.

— Mmm...

— Je vous ennuie ?

— Non, je vous écoute.

Juliette marque une pause et déballe sa vie, ses illusions, ses espoirs. Elle s'enfonce dans ses rêves de n'être qu'une image ou un mirage, de vivre dans les fantasmes qu'on se fabrique parfois, d'être à la hauteur des exigences des filles de plus de trente ans qui font la couverture de magazines et qui ont trois idées fabuleuses pour se lisser les cheveux. Bien sûr, la psy l'écoute d'une oreille, mais elle souhaite surtout l'amener sur un autre terrain.

— Parlez-moi plutôt de votre oncle Francis.

— Oh non !

— Pourquoi ?

— J'en ai marre de parler de lui.

— Il est pourtant au cœur de cette thérapie.

— Et moi, je préfère tirer un trait dessus.

— Vous avez subi des attouchements à plusieurs reprises. Le désir tordu d'un homme, c'est une grande violence ! Votre propre image est dégradée, il faut vous réconcilier avec la petite fille qui est en vous, ne l'empêchez pas de grandir.

Juliette ne prononce plus un mot. Elle se cramponne à son siège pour ne pas exploser ; pourtant, à l'intérieur, ça bouillonne et ça fulmine. Les journées de travail sont suffisamment rudes, des journées où elle a l'impression d'être piétinée par des chaussures de marque allemande géantes. Elle n'a pas envie qu'on lui mette la tête dans le seau à la sortie du boulot.

— Vous avez téléphoné à votre mère ?

— Oh non, pas elle !

— Ce serait bien de renouer le dialogue.

— Ma mère baise les pieds d'un curé, c'est une autre façon de se mettre à genoux.

— Parlez-moi de votre oncle, alors.

— Non !

Juliette a envie de s'échapper de son siège comme on descend en catastrophe d'un manège. Elle en a marre d'être un poisson rouge qui tourne en rond dans son bocal, de financer une tortionnaire qui l'oblige à parler de sa mère bigote et de son oncle pédophile. Elle en a ras le bol d'avoir les pieds dans la boue en espérant y faire pousser des coquelicots. Elle s'est enfuie du piège tissé par sa mère et a menacé son oncle de l'émasculer à coups de burin.

Vient le moment où, en toute logique, Juliette a envie de pousser un coup de gueule et de claquer le beignet de sa psy. Elle lâche les accoudoirs de son fauteuil et se relève doucement. Replaçant sa frange d'un geste, elle dévisage sa psy, le camée épinglé à son chemisier, sa poitrine qu'elle a si souvent enviée.

— Écoutez, je vais m'en aller.
— Pourquoi ?
— Parce que vous me faites chier.

Juliette se sent un peu moins elle et un peu plus madame Claudine. La psy a du mal à comprendre les paroles qui sortent de la bouche de cette névrosée en démarche affective. Elle la trouvait bien mignonne jusqu'ici.

— Pardon ?
— J'en ai marre de vous.

Juliette la défie du regard comme s'il fallait en passer par là, comme si dire merde à sa psy faisait partie du processus pour trouver un nouveau départ, prendre un ferry, changer de décor. Elle y avait songé. Elle n'avait jamais osé.

En face d'elle, la psy peut tout entendre mais ne tolère pas la grossièreté. Surtout venant d'une patiente qu'elle a reçue en urgence.

— Vous n'êtes qu'une capricieuse narcissique.
— Quoi ?
— Et insolente, de surcroît.
— Vous êtes psy, vous n'êtes pas là pour me juger.
— Oui, mais vous m'agacez.
— Je ne vous permets pas !
— Ah, mais moi je me permets ! Je ne suis pas votre bonne copine qui vous écoute sans broncher.

128

Je connais vos jérémiades par cœur et je peux vous dire que votre repli cache en réalité un ego démesuré. Vous vous complaisez dans l'insatisfaction car rien n'est assez bien pour vous. Vous avez la belle vie, alors prenez du recul, ma p'tite, et arrêtez de vous regarder le nombril !

Le ton a changé radicalement. Juliette en reste bouche bée. Une psy est censée se montrer complaisante, supporter vos états d'âme et vous tendre un mouchoir en papier parfumé à l'eucalyptus. Elle n'est pas supposée vous appeler « ma p'tite » sur le ton d'un charcutier de la place de Rungis.

— Maintenant partez ! Je ne veux plus vous voir.

La psy prend Juliette par le bras et l'entraîne jusqu'à la porte, comme une chipie qu'on met au coin. Si elle pouvait, elle l'aurait tirée par les cheveux. Ce genre de situation est exceptionnel, mais parfois il faut savoir employer la manière forte. Elle la fiche littéralement dehors en lui assénant une dernière vérité :

— Vous n'avez pas vraiment d'amis car tout le monde finit par vous décevoir – si ce n'est pas l'inverse. Vous avez besoin qu'on vous écoute et qu'on s'intéresse à vous, alors quand on vous tourne le dos ou qu'on vous fausse compagnie, vous trouvez du réconfort chez la psy. Maintenant, c'est terminé ! Salut, ma p'tite !

Juliette n'a pas le temps de répondre, ses cheveux s'envolent dans un souffle d'air, la psy vient de lui claquer la porte au nez avant que Juliette ait eu le temps de lui claquer le beignet. Elle reste dans le couloir, les bras ballants, songe à appuyer sur la sonnette

pour aller s'excuser. Elle qui est toujours dans la rete-
nue, son langage a quelque peu dérapé. Elle vient de
pousser un véritable coup de gueule. C'est peut-être
le premier d'une longue série.

Dans le couloir, la lumière s'éteint. Elle regagne
l'ascenseur et appuie sur le bouton du rez-de-
chaussée. La tête haute, elle s'observe dans le miroir
sous le néon. Ce n'est guère flatteur. Le cheveu terne,
la paupière qui tombe un peu, les seins petits. Rien
de glamour, d'hollywoodien. Mais si elle prend du
recul, comme le lui a dit sa psy, elle voit bien que ce
pourrait être pire. Elle pourrait être une chanteuse de
karaoké aux cheveux gras et à la veste à franges qui se
fait des infusions de thym pour combattre la rhinite
chronique. Oui, effectivement, ça pourrait être pire.

30

Le pire dans l'histoire, ce n'est pas d'avoir été largué en direct à la télé, ni d'avoir sa photo placardée derrière à côté de celles d'hommes politiques, ni d'être l'idole de grands-mères aux cheveux teints et d'adolescentes sous le feu du bombardement hormonal. Le pire dans l'histoire, c'est de ne pouvoir faire confiance à personne et de se sentir seul comme jamais.

Le système de valeurs de Joachim s'effondre. Le handball, la bande de potes, plus rien n'est fiable. En fin de journée, il décide de modifier ses habitudes. Il ne rentrera pas chez lui. Son appartement est un lieu morose, abandonné par celle qui insistait pour installer une barre de pole dance au salon – il aimait bien la regarder se promener en shorty noir et brassière vert fluo. Il n'ira pas au stade non plus ; le terrain de handball n'est plus une aire de jeu, mais un champ de bataille. Il a des comptes à régler et un autre coup de boule s'alignerait au bon moment, ou bien le nez de son pote viendrait s'aplatir à cause d'un ballon lancé par inadvertance en pleine poire, c'est une autre alternative.

En fin de journée, Joachim se tourne vers le seul terrain qui ne soit pas miné. Il frappe une fois encore à la porte de son demi-frère – enfin… son frère. La famille, c'est une valeur sûre.

Paul-Arthur est étonné de le voir débarquer deux fois en deux jours. C'est très suspect, tout ça. Il ne l'accueille pas à bras ouverts, mais avec un stylo à quatre couleurs qui fait du bruit quand on clique dessus.

— Encore toi ?

— Bravo ! Sympa !

— C'est bizarre de te voir aussi souvent.

— Tu veux sortir boire une bière ? C'est ma tournée !

Paul-Arthur fronce les sourcils, un peu comme son frère, mais lui en a deux, bien distincts et bien alignés. Jamais Joachim ne lui a proposé de sortir boire une bière auparavant. Jamais il ne s'est montré aussi présent dans sa vie. En une semaine, il lui a fait chauffer un plat de lasagnes et l'a invité à trinquer. C'est comme s'il défonçait sa porte pour forcer la communication sans savoir par où commencer. Paul-Arthur se demande qui est le plus aux abois, finalement. Le grand frère a l'air dépendant du plus jeune, le plus jeune craint d'être dépendant du plus grand. Désolé, mais la situation est biscornue.

— Je n'ai pas besoin de ton empathie. Ce sont les parents qui t'ont dit de venir ?

— Non, pourquoi ?

— Pour rien.

— Si, dis-moi !

— J'ai des soucis…

— De quoi ?

Dans l'encadrement de la porte, Paul-Arthur détourne la conversation par une pirouette, préférant noyer son frère dans l'ennui plutôt que de se confier à lui.

— Je trace un schéma expliquant l'enregistrement de la topographie d'une surface par un microscope à force atomique en mode Tapping asservi sur l'amplitude d'oscillation.

— Quoi ?

— J'ai du boulot.

— Vas-y, lâche ton dossier et viens boire une bière.

— Ça m'ennuie un peu de parler de ta rupture amoureuse toute la soirée. Mélissa est une conne, tu mérites mieux que ça, elle t'a rendu service en te quittant. Maintenant, oublie-la.

— Ok ! Ça n'empêche pas que j'ai soif !

Joachim ne sourit pas souvent depuis quelques jours, mais là il manifeste son plaisir de vider une chope en compagnie de son frère. Il prend son rôle à cœur et l'entraîne vers une heure de liberté. Il change ses habitudes, et c'est tout son visage qui s'illumine. Alors, devant un tel bouleversement qui confine à la métamorphose, Paul-Arthur accepte de changer lui aussi ses habitudes et lâche son stylo à quatre couleurs. Il faut bien se détendre un peu.

— Juste un verre. Après, je remonte chez moi.

— C'est *happy hour*.

— Je ne bois pas d'alcool.

— Alors un jus de pomme.

La vie de Paul-Arthur est organisée, structurée, chronométrée. Il n'y a de place ni pour l'oisiveté ni pour la gueule de bois. Il referme la porte à clé derrière lui.

Deux frères, qui ne boivent pas les mêmes boissons et n'ont pas grand-chose à se dire en général, se retrouvent parfois le soir au moment de la *happy hour*. Peut-être pour briser le silence.

— Maman ! T'es un vrai moulin à paroles !

— C'est important de faire entendre sa voix.

— Mais je n'ai jamais dit que je n'irai pas voter !

Dans la rue, trois personnes viennent de se retourner sur Ben aux prises avec sa mère au téléphone. Des militants politiques, des adhérents à l'affût du moindre sondage, des convaincus enflammés. Ils épient chaque citoyen sceptique, le plus petit agneau égaré qui aurait besoin d'être remis sur le droit chemin. Prospectus en poche, ils sont ravis de vous en offrir, vous obligent ensuite à les jeter à la poubelle, laissent planer sur vous la lourde responsabilité du salut de la France – avoir coupé un arbre pour rien ! Ils ont des banderoles, des chapeaux en papier, et connaissent tout un tas de chansons partisanes ou révolutionnaires qui donnent envie de lever le poing haut et d'avaler cul sec une eau-de-vie de poire.

Ben s'éloigne, son téléphone à la main, et continue à parler dans un coin, ou du moins laisse parler sa mère.

— C'est magnifique le droit de vote, même si c'est le bazar parfois. Dans certains pays, on se bat encore pour ça, il ne faut pas l'oublier, alors c'est une chance pour nous.

— Mais moi, je ne suis convaincu par aucun candidat.

— Alors vote blanc !

Ben se tourne vers les gens dans la rue. Il y a ceux qui rentrent chez eux pour remplir le congélateur et nourrir les enfants avec des nuggets de poulet – au moins, avec ça, les gamins leur fichent la paix. Il y a ceux qui se réfugient dans une salle de cinéma pour regarder un film de science-fiction qui se déroule sur une autre planète, ce qui leur laisse croire que l'herbe est plus verte ailleurs. Il y a ceux qui se rendent à un anniversaire avec un cadeau complètement nul acheté à plusieurs, un moule à gaufres pour les soirées d'hiver alors que c'est bientôt l'été. Ces gens qui passent dans la rue, ils sont peut-être heureux, peut-être pas. Ils ont peut-être envie de changer la tapisserie du salon, peut-être pas. Est-ce qu'ils savent pour qui voter ?

— Et sinon, quand viens-tu nous voir à la maison ?

La question de la mère poule qui passe en boucle au téléphone tous les trois jours, à laquelle on répond « Bientôt » pour gagner du temps, comme si l'on avait une dette. Ben estime n'avoir pas de dette, mais il se sent un fils indigne car, après tout, ce n'est pas si loin chez papa-maman.

— Bientôt.

— Ce n'est pas comme si on habitait à l'autre bout de la France.

— Je ne suis pas en super forme en ce moment.

136

— Sinon, je viens te voir dimanche ?

— Passe-moi un coup de fil avant.

— Et à part ça, on ira ensemble à la Gay Pride ?

— Ah non !

— C'est fabuleux, la Gay Pride ! Toutes ces femmes ensemble, tous ces hommes qui s'aiment et qui marchent main dans la main ! On sera avec tes amis en plus, ce sera chouette !

— J'aime pas la foule.

— Moi j'y vais, alors tu m'accompagnes !

Ben a une vision innommable de sa mère en train de danser la tecktonik derrière le char des lesbiennes du Périgord, un groupe de femmes qui ne comprennent pas ce que cette retraitée cherche à exprimer à travers ces gesticulations aléatoires, sans but précis.

— Ce n'est pas pour moi, la Gay Pride. Je ne m'y reconnais pas.

— C'est important de faire valoir tes droits ! Et si tu n'y vas pas, tu n'y seras pas représenté.

— J'y suis souvent allé, mais ça n'intéresse personne, les gens comme moi.

— Ne dis pas de bêtises !

— Les médias ne recherchent que du sensationnel, ils ne filment que des travestis habillés en poulet ou des mecs avec le cul à l'air en jockstrap !

Il y a comme un blanc au téléphone. Le temps se suspend et les gens dans la rue avancent au ralenti. Une pause de quelques secondes, comme si Ben avait cloué le bec à sa mère.

— Dis-moi, pour que je ne meure pas idiote, c'est quoi un jockstrap ?

32

— Le jockstrap, c'est le slip sexy et super tendance chez les tennismen. Ça lui va tellement bien, à mon chéri ! Il a un beau p'tit cul, mais alors quel connard !

À la terrasse d'un café, Juliette écoute patiemment sa copine Jessica. Elles se sont connues il y a des années, à un atelier de théâtre où Juliette venait soigner sa timidité. Jessica est le genre de fille qui a toujours une grande nouvelle à vous annoncer : le rôle de sa vie, ou l'homme de ses rêves. Il lui arrive sans cesse des aventures trépidantes, des soirées où elle croise Leonardo, Ryan ou Bradley – mais elle ne dit jamais les noms de famille parce que c'est grotesque, on sait bien de qui il s'agit, Leonardo c'est Leonardo, quoi ! Elle a dans les yeux des étoiles qui clignotent en permanence. C'est la reine du drame, entre exaltation et désillusion. Jessica est en perpétuel bouleversement, un peu comme ces boules à neige qu'on agite et qui font décoration sur une étagère.

— Je l'aime tellement, ce connard ! Je l'aime tellement que j'en ai chopé une angine !

Jessica toussote un peu pour bien montrer que les mecs la rendent malade, spécialement les tennismen.

Elle aime à dire que les hommes sont des pervers nar-
cissiques, qu'elle a découvert dans un magazine une
méthode pour les détecter en moins de cinq minutes,
mais elle, ça lui prend des semaines. Là encore, elle
s'est fait avoir, un peu comme Jennifer, et Juliette
croit comprendre qu'il s'agit de Jennifer Aniston.

— Tu m'écoutes ?

— Mmm... c'est terrible ce qui t'arrive.

— Non, attends, tu sais pas tout...

Juliette avale une gorgée de grenadine – un peu de
sucre pour supporter le verbiage de sa copine. Elle
aurait envie d'un shot de tequila en fait, de l'alcool
pour faire passer ce moment. Elle se demande pourquoi elle a proposé à Jessica de prendre un verre,
peut-être pour se prouver qu'elle a beaucoup d'amis
et faire mentir sa psy. Alors elle fait ses yeux de biche
douce et miséricordieuse. Elle murmure « Mmm » de
temps en temps, histoire de laisser penser qu'elle se
sent concernée. À la terrasse du café, elle est un peu
moins elle-même et un peu plus sa psy.

— ... Parce que son frère, j'ai jamais pu le blairer,
faut voir à Saint-Trop' comment il nous a emmerdés.
Moi, je préférais aller à Saint-Barth, en plus...

— Mmm...

Juliette a envie de commander son shot de tequila
et de le boire cul sec avant de partir en courant. Jessica est une copine mais pas vraiment une amie. Elle
ne parle que d'elle à longueur de journée, c'est bien
la seule à ne pas mettre le débat électoral sur la table.
Elle se contrefiche des hommes politiques : ils ne sont
pas producteurs de cinéma, ne connaissent pas George
Clooney, ne serviront pas sa carrière. Elle imagine

sa vie comme un feuilleton télévisé qui intéresse des millions de téléspectateurs. Il faut en permanence se raconter et surtout se réinventer, c'est ça l'enjeu pour captiver l'attention.

— ... C'est quand même pas de ma faute si cet abruti plonge sur un banc de méduses...

Pourquoi s'infliger ça ? Juliette jette un coup d'œil discret à sa montre. Elle pense à ce qu'elle pourrait se préparer pour le dîner ce soir, une salade de tomates avec un filet d'huile d'olive. Un plateau-télé en regardant une rediffusion de *Quand Harry rencontre Sally*, puis elle zappera sur une chaîne info pour connaître les derniers pronostics concernant l'élection présidentielle. Elle préfère encore entendre les déclarations des candidats plutôt que le bavardage de Jessica.

— ... Et c'est là que je lui dis : « Non mais attends, coco ! Moi je suis actrice, je suis pas pharmacienne ! »

— Mmm...

Se forcer à voir des gens dans le but de se convaincre qu'on a des amis n'est pas la meilleure solution pour faire mentir sa psy. Jessica a tourné des pubs pour des shampoings et des gels douche. C'est vrai qu'elle a de beaux cheveux aux reflets dorés et des seins fermes. La plupart des hommes ont, comme le loup de Tex Avery, la langue qui se déroule par terre quand ils la croisent dans la rue. Et Jessica le sait un peu trop. D'aussi loin que Juliette se souvienne, les moments passés avec elle ont toujours été identiques : la bonne copine du théâtre ne s'intéresse qu'à elle-même et à sa pseudo-carrière. Et Juliette écoute ses histoires de casting ou de tournage pour récolter des miettes de rêve, un Hollywood en polystyrène.

— Une nomination au Meilleur Espoir, ça se prépare, j'ai un véritable plan de carrière…

— Mmm…

Le regard de biche en coin, Juliette tend une seule oreille ; dans l'autre résonnent les propos de sa psy sur son caractère égocentrique. Juliette fait face à son reflet, à présent, et ce qu'elle voit et entend lui donne envie de voler le premier skate-board qui passe et de s'enfuir du café.

— J'ai quand même une image à gérer, c'est pas une partie de bowling qui va me faire rencontrer David Lynch…

Là, c'est le mot de trop. Vient un moment où l'empathie confine à la sottise. Ce n'est pas rendre service à Jessica que de continuer à faire « Mmm » comme un psychothérapeute endormi sur sa chaise, la joue posée sur la main, et ce n'est pas se respecter que de subir ce baratin en se réfugiant derrière une grenadine. Stop à la logorrhée d'actrice. Juliette cesse net de faire des yeux de biche.

— Parce que tu crois vraiment que tu vas jouer dans un film de David Lynch ?

Jessica s'est arrêtée dans son élan comme une coureuse du cent dix mètres-haies qui se prend une latte dans les gencives.

— Et pourquoi pas ?

— T'es une jolie fille, Jessica, mais t'es pas une bonne actrice.

— Quoi ?

— Je préfère être franche avec toi.

— Tu dis ça parce que t'es jalouse !

— En plus, tu ne t'appelles même pas Jessica, mais Marie-Cécile.

— Jessica, c'est mon nom de scène ! C'est pour le marché international !

Juliette prend une grande inspiration. Assise bien droite, avec une assurance presque déroutante, elle reprend à son compte les propos de sa psy et tranche dans le vif. Deuxième coup de gueule de la journée.

— Je ne suis pas ta bonne copine qui t'écoute sans broncher, je connais tes jérémiades par cœur, tu as un ego démesuré, alors prends du recul, ma p'tite, et arrête de te regarder le nombril !

— Non mais j'hallucine !

— Ça fait du bien de se l'entendre dire.

— Et toi, t'es bonne qu'à vendre des godasses !

— Rien que ça ?

— Et t'es jalouse parce que t'as même pas de mec !

— Si c'est tout le bien que tu penses de moi, alors je ne sais pas pourquoi tu es venue.

Coupée dans son monologue sur les malheurs d'une actrice, Jessica est effarée. Juliette se lève, lâche quelques pièces pour payer sa grenadine. Il lui aura fallu un miroir infâme pour avoir une révélation. Jessica est un reflet qui la rebute. Avant de partir, Juliette fait honneur à sa psy en la citant pour la seconde fois.

— Tu n'as pas vraiment d'amis car tout le monde finit par te décevoir, si ce n'est pas l'inverse. Mais tu as besoin qu'on t'écoute et qu'on s'intéresse à toi, alors quand on te tourne le dos ou qu'on te fausse compagnie, tu trouves du réconfort chez la première venue bonne qu'à vendre des godasses !

Juliette n'a pas besoin de se prouver qu'elle a des amis, elle en a au moins une, et ce n'est pas Jessica, mais Goldie. Elle s'en va la rejoindre, d'ailleurs, pour boire une mauresque, un avant-goût de Méditerranée. Elle a aussi très envie de téléphoner à sa psy, de lui dire merci et de lui dire : « Je vous aime. » La psy comme un substitut de mère, qu'on envoie brouter un jour, vers qui on vient se faire pardonner ensuite. Nul besoin d'étudier Freud pour constater que l'amour et la haine vont de pair. Juliette continuera sans sa psy, sans sa roue de secours ; à présent elle va aller de l'avant et poursuivre sa série de coups de gueule. Elle se retourne une dernière fois pour saluer sa bonne copine qu'elle ne reverra jamais et qu'elle abandonne à la terrasse du café.

— Salut Marie-Cécile, et bonne chance avec David Lynch !

Collée sur sa chaise, Jessica est tout en intensité dramatique, les yeux exorbités et la mâchoire sur les genoux. Un rôle de composition.

33

Francine s'affaire en cuisine. Elle ne tient pas en place. Elle a du pain sur la planche, ou plutôt des aubergines. Elle ne changera pas le monde avec une ratatouille, mais ça l'occupe. Tout mijote, bout, frémit. Comme elle a perdu le sourire, son mari essaie de lui apporter un peu de réconfort avec un tube des yéyés sur lequel ils ont dansé plusieurs fois. Leur jeunesse résonne dans la maison : un peu de twist, un peu de déhanché, un peu de joie de vivre.

— Qu'est-ce qui te prend ?

— On twiste, ma chérie ?

— Quelle drôle d'idée !

— Viens par ici, on va danser.

— Je n'ai pas le temps, je prépare une ratatouille.

Francine a versé les aubergines dans son fait-tout et les met à cuire à feu doux. Elle jette un coup d'œil par la fenêtre alors que le soir a gagné du terrain. Aucun chien ne couine, aucune voisine ne rouspète, aucun cri de menace. Chez la vieille Manée, les volets sont toujours ouverts et tout est éteint. Une maison poussiéreuse, sans vie. Et toujours ce tube des yéyés qui n'en finit pas derrière elle.

— Baisse la musique !

— Qu'est-ce qui se passe, ma chérie ?

— J'ai giflé la voisine, je ne suis pas d'humeur à danser le twist.

Manée maltraite les animaux. C'était une bonne action de la gifler. Pourtant, Francine culpabilise. Ce sentiment dans sa poitrine ne la lâche pas, même devant les fourneaux. Frapper Manée, c'est un peu comme frapper sa mère. Elles auraient le même âge aujourd'hui. Et plutôt que de cajoler sa voisine comme sa maman partie trop tôt, elle l'a giflée comme une malpropre. Au fond, elle s'en veut. Francine touille les légumes et imagine sa mère allongée sur le sol, le crâne fendu, la bouche ouverte, semblant vouloir dire : « Tu es très vilaine, Francine ! »

Elle ajoute une pincée de sel tandis qu'Henri twiste dans son dos. Il l'invite à danser, à oublier le passé quelques instants. Il danserait le twist sur n'importe quoi, Elvis Presley ou Boney M. Francine n'a aucune envie de se laisser prendre à un jeu de jambes, elle regrette déjà son jeu de mains. Elle a giflé cette génération qui n'a pas reconnu les enfants de la guerre, qui utilise le mot « bâtard » trop facilement, qui cancane chez la boulangère ou sur le parvis de l'église, qui n'offre pas d'oranges à Noël. Soixante-deux ans de rétention, et Francine s'est lâchée. Sa main est partie d'un coup. Manée a encaissé pour tout le monde.

— Si tu te sens mal, va t'excuser.

— Elle était en furie.

— Tu es stressée en ce moment, ma chérie, et ça n'a rien à voir avec Manée. Je sais que c'est dur pour toi, mais tu n'auras aucune réponse à tes questions, plus personne n'est là pour t'en donner, ils sont tous morts. Peu importe ce qui s'est passé pendant ces trente jours après ta naissance, tu es là aujourd'hui, en bonne santé. C'est tout ce qui compte.

— Tu as raison, mon chéri.

— Bien sûr que j'ai raison, c'est pour ça que tu m'as épousé.

— Tiens ! Goûte-moi cette ratatouille.

Francine lui tend la spatule en bois. Henri ouvre grand la bouche. Derrière son épaule, elle regarde par la fenêtre de la cuisine. Dehors, rien ne bouge. Le soir tombe, ce n'est toujours pas éclairé chez la voisine. Et si Manée avait fait une hémorragie cérébrale imputable à une bonne claque ?

Joachim s'est pris une claque mais il ne va pas se laisser abattre. La bière est fraîche, sur le boulevard Bonne-Nouvelle. C'est *happy hour* et, pour l'heure, Joachim est plutôt content. Il s'agite sur sa chaise, repère les filles non accompagnées, et elles sont nombreuses ce soir. Il y a des frivoles chics qui passent leur temps à remonter négligemment une bretelle sur l'épaule ; les *executive women* qui attaquent sec au mojito ; les jolies délicates qui sirotent leur cocktail à la paille ; celles qui trinquent à la santé de leur candidat politique préféré devant des tacos et un bol de guacamole. C'est vendredi soir, et les filles s'amusent.

Tel un fauve blessé mais pas anéanti, Joachim se remet en chasse. Il s'est rasé, passé de la lotion après-rasage mentholée, a mis son polo bleu marine, celui dont les manches très courtes font ressortir ses bras musclés. On va encore le prendre pour un pompier et les filles vont craquer, c'est sûr.

Sagement assis en face de lui, Paul-Arthur se sent comme la chaise de trop, celle dont on n'a pas besoin mais qu'on garde quand même, au cas où. Il avait envie d'être l'allié de son frère, il n'est que son alibi. La *happy hour* est le moment propice pour la drague, et Joachim s'offre en spectacle. Ne sachant plus à quelle femme se vouer, il se contorsionne sur sa chaise.

— Arrête de te retourner comme ça ! T'es pas discret.

— Il fait chaud, là.

— Si je te dérange, tu le dis.

— Non, non…

Les petits seins se prélassent dans les chemisiers, les jambes se croisent et se décroisent en toute tranquillité sous les tables, les fesses sont moulées dans la toile de jean ou une jupe ajustée, les rires chantent à l'unisson, occupent l'espace et montent jusqu'au plafond. Joachim boit sa bière, s'essuie la mousse au coin des lèvres, mate la fille au bar qui se cambre pour lire la carte suspendue au-dessus du comptoir. C'est l'appel de la forêt.

— Je te laisse, si tu veux.

— Non…

— T'as l'air plus intéressé par la gymnaste que par moi.

— On pourrait inviter des filles à boire un verre ?

— J'en ai pas envie.

— T'as une copine, toi ?

— J'ai pas le temps pour ça.

Paul-Arthur se cache derrière son verre de jus de pomme. Il regrette d'être venu dans ce bar où les serveurs font valser les barquettes de frites sur les tables. Les gens plongent les doigts dans la friture, épongent l'alcool. Il regrette d'y avoir suivi son frère, qui fait du repérage. C'est dit, il termine son jus de pomme et rentre chez lui. Ce n'est pas en restant dans ce bistrot qu'il obtiendra le grade de docteur ès sciences physiques spécialisé en optique et photonique. Cette ambition peut être plombante pour quiconque a une vision graveleuse et croustillante de son vendredi soir. Joachim n'est pas prêt à discuter ni à l'écouter, alors Paul-Arthur préfère ne pas entrer dans le détail de ses espoirs ni de ses déboires.

— Bon… je file.
— Déjà ?
— Merci pour le jus de pomme.
— Ça me fait plaisir de prendre un verre avec mon frère.
— Ton demi-frère, comme tu me l'as souvent fait remarquer.
— Oh, ça va ! J'avais dit ça bêtement.

Joachim lit un brin de vengeance dans les yeux de Paul-Arthur, ce frère qu'il n'a jamais considéré, car trop jeune, trop studieux, trop « enfant chéri » d'un couple uni. Il l'a maintes fois renvoyé à ses châteaux de sable ou à ses livres d'école. Et vu la façon dont Paul-Arthur cherche à le recadrer dans ce bar, quelque chose n'a pas été digéré. Il y a des mots que Joachim dit souvent, « Putain de merde ! » par exemple. Sur un terrain de handball, quand il rate un but, ça lui vient tout seul. Il y a aussi des mots que Joachim ne sait pas dire, comme « Je t'aime ». Mais ce n'est pas si grave, puisque Mélissa non plus ne le lui a jamais dit, trop occupée à se limer les ongles et à combattre la repousse des cuticules. S'il lui avait dit « Je t'aime », peut-être ne l'aurait-elle pas quitté, et du coup il n'aurait pas crié « Putain de merde ! » en sortant du plateau de télé. Les mots qu'il ne sait

149

pas dire sont étroitement liés à ceux qu'il dit souvent. Et il y a des termes que Joachim n'aurait jamais dû employer, comme « demi-frère ». Le prononcer une fois, même sans vraiment le penser, était une fois de trop.

— T'as dit ça parce que tu me considères comme un étranger.

— Arrête !

— Et ce soir encore, t'as rien à me raconter, je fais juste partie du décor.

— T'es con !

— Non, c'est toi qui es con et qui te fais larguer par une conne. C'est toi qui n'as pas de vrais amis et qui implores ma commisération.

— Ta quoi ?

Il y a même des mots que Joachim ne connaît pas mais qu'il cherche à comprendre, parce qu'après tout il les réutilisera peut-être sur un terrain de handball, si le camarade l'intègre dans le jeu et lui passe le ballon. Il dira : « Merci de ta commisération, mec ! »

— Arrête avec tes grands mots !

— C'est mon langage. Ça te pose un problème ?

— Ce que t'es snob !

Deux frères, qui ont la même mère mais pas le même langage, ont décrété un jour ne pas avoir besoin l'un de l'autre. Chacun a suivi sa route. L'aîné a décidé de quitter la maison, de s'installer dans la vie active et de ne pas faire signe à son cadet. Le petit s'en est allé étudier, a traversé l'adolescence avec tous les questionnements que cela implique, mais n'attend plus rien du grand. Chacun est sur sa colline, distinguant l'autre de loin, sans se préoccuper de savoir ce qu'il devient.

— Je ne te dérange pas plus longtemps. T'as pas besoin de moi, t'as juste besoin d'une pétasse. Alors, bonne chance !

— Et toi, t'as besoin de quoi ? T'as pas besoin de moi non plus, t'as jamais eu besoin qu'on t'aide, ni pour tes devoirs, ni pour tes lacets. Jamais eu besoin de t'excuser devant les profs ni de t'enfuir devant des caméras de télé. Tu sais pas ce que c'est d'avoir besoin.

— C'est faux !

— T'as pas besoin d'une bière, t'as pas besoin d'une femme.

— Stop !

— T'as besoin de rien, toi !

— Si ! Il y a une chose dont j'ai besoin.

Dans les émanations d'alcool et de frites grasses, entre les rires insouciants du vendredi soir, Paul-Arthur fixe Joachim droit dans les yeux.

— J'ai besoin d'un rein.

35

À la porte d'entrée, la femme de son directeur d'agence a un brushing impeccable et le sourire franc de la parfaite maîtresse de maison.

— C'est vous Ben ?

— Oui… bonsoir.

— Ah ! Je ne vous imaginais pas comme ça.

Ben n'a pas encore fait un pas dans l'appartement qu'il a déjà envie de retourner chez lui, là où on ne l'imagine pas, là où on ne l'attend plus.

— Et vous m'imaginiez comment ?

— Je ne sais pas… Fluo !

Ben écarquille les yeux. Il conçoit qu'on l'imagine blond ou brun, petit ou grand, mais fluo, c'est la première fois. D'ailleurs, qu'est-ce qu'une personne fluo ? Une personne portée sur la tendance flashy ? Une personne haute en couleur ? La femme de son directeur d'agence aime les gens fluo car ce sont des personnes rares, qui ne courent pas les rues, le genre de personnes qu'il faut garder comme amis. Et il comprend sa déception : il ne se sent pas vraiment haut en couleur ces jours-ci.

Elle le laisse tout de même entrer et il lui offre une orchidée emballée dans du papier de soie.

— Ah, vous les homosexuels, vous aimez les fleurs !

— Pardon ?

La femme de son directeur d'agence accueille ses invités de façon surprenante. Ben n'a pas l'habitude d'un tel effet d'annonce. Il ignore si les homosexuels en général aiment les fleurs, lui en tout cas aime la nature et respecte l'environnement. Il souhaite juste faire plaisir à son hôtesse.

Daniel s'approche, tête baissée, toujours avec ses lunettes à double foyer sur le nez. Il l'accueille à son tour, plus froidement, sans aucune remarque, juste une poignée de main énergique. Ils se sont déjà croisés à l'agence, de toute façon. Ben se crispe un peu devant celui qui a pris le soin d'informer sa femme de la sexualité de ses employés.

— Ah, vous les homosexuels, vous vous faites la bise, mais mon mari c'est pas son truc !

— Comment ?

Ben ne fait pas la bise à tout le monde, encore moins à son supérieur hiérarchique. Il n'est pas du genre à l'appeler par son petit nom ni à lui claquer les fesses le vendredi soir en criant : « À lundi, ma poule ! » Il faut avouer que Daniel n'est pas une invitation au bécot.

— Vous n'êtes pas venu avec votre petit copain ?

— Non...

— Vous dites comment ? Mon mari ? Mon boyfriend ?

— Euh... mon ami.

— Il avait peut-être un plan cul ?

— Non... pas vraiment.

153

— Parce que vous les homosexuels, vous avez plein de plans cul ! Ha ha !

La femme de Daniel éclate de rire toute seule devant le portemanteau. Elle est décidément très farfelue. Elle adresse un clin d'œil coquin et complice à Ben, qui n'a pas l'habitude qu'on lui parle de sexe sitôt arrivé chez une inconnue. Il ne sent pas encore une connivence suffisante avec elle, il a besoin d'un peu de temps – peut-être après avoir descendu une bouteille de muscadet et échangé quelques blagues salaces. Il se sent en réalité très mal à l'aise. Il perçoit toutes les références au libertinage et redoute de faire face à un vieux couple d'échangistes désireux de s'envoyer en l'air avec des garçons fluo.

Daniel retourne au salon et lui tourne déjà le dos. Sa femme prend la veste en jean de Ben et la suspend au portemanteau.

— Je vous imaginais avec un blouson de cuir cintré à col motard.

— Ah bon ?

— Oui. Vous les homosexuels, vous aimez la mode !

— Madame, je ne suis pas tous les homosexuels.

— Oh, je vous en prie ! Appelez-moi Évelyne.

Elle lui adresse un sourire tout en gencives, comme si elle voulait le croquer. Ses yeux pétillent de plaisir. Ben n'ose pas lui avouer qu'il ne porte pas un slip en microfibre avec la marque apparente sur l'élastique, mais un caleçon en coton acheté à Monoprix, deux pour le prix d'un.

Il la suit au salon où son mari est déjà installé dans un fauteuil, en train de faire tinter quelques glaçons dans un verre de whisky. Il se désintéresse complètement de son subordonné et se réfugie devant son poste de télévision. La pièce est entièrement jaune, du tapis jusqu'aux abat-jour, meublée d'un grand canapé douillet avec des coussins sur lesquels figurent des poussins. Un endroit surréaliste. Ben a soudain envie de fumer un joint.

— Installez-vous, faites comme chez vous.

— Merci, madame.

— Évelyne, je vous ai dit ! Je suis tellement contente de vous rencontrer, depuis le temps !

— Le temps de quoi ?

— Depuis que mon mari m'a dit qu'il avait un homosexuel dans son agence.

Daniel ne relève pas la tête, et heureusement pour lui. Il continue de faire mollement tinter ses glaçons.

— J'adore les homosexuels, je suis à fond avec vous !

Ben croit être face à la cheftaine des sœurs de la Providence en mission au pays de l'arc-en-ciel. Il est peut-être encore temps de partir en courant.

Daniel a le nez au bord de son verre, à l'instar d'un mari battu par une épouse féroce. Il se tourne vers Ben, désabusé :

— Ce dîner, c'est une idée de ma femme.

— Bien sûr ! En cette semaine d'élection, il est important pour mon mari et moi de recevoir un représentant de votre communauté.

Tel est donc l'objet de ce cocktail dînatoire : faire bonne figure de citoyen en invitant à sa table un membre de l'électorat considéré comme minoritaire. Ben peut s'asseoir sur sa promotion, ce coup de pouce qui boosterait un tant soit peu son existence. Ce n'est pas parce qu'il va accéder au firmament de l'agence postale qu'on l'a invité, mais parce qu'il est gay, donc subversif, donc un grain de sable qui enraye la machine, donc foncièrement génial aux yeux d'Évelyne.

— Je suis le seul homosexuel que vous connaissez ?

— Non, bien sûr. Il y a aussi mon coiffeur, mais il jacasse tout le temps, celui-là, il me fatigue !

Évelyne se passe la main dans les cheveux. Elle met son brushing en bataille pour avoir l'air plus rock'n'roll et moins bourgeoise à collier de perles. Elle se la joue belle et rebelle, femme de son temps qui absorbe les modes et les changements.

— Alors, dites-moi, que voulez-vous boire ?

— Une bière, si vous avez.

— Ah bon ? Je pensais vous faire un cocktail, un « Sex on the beach » ! Ha ha !

Évelyne rit de nouveau très fort, ça l'amuse sans doute de secouer dans un shaker la vodka et le schnaps à la pêche. Daniel ne rit pas, lui, scotché devant les informations télévisées. Il n'y a pas de quoi rire, en effet.

— Vous buvez bien des cocktails à Mykonos ?

— Euh… je ne sais pas, je n'y suis jamais allé.

— Oh, c'est dommage. Vous partez où d'habitude ?

— En Vendée. Je fais du camping.

— C'est drôlement rustique !

— J'aime bien planter ma tente devant l'océan, manger du pain et du fromage.

— Et votre ami, il vous suit dans ce délire ?

— Il n'a pas posé ses vacances en même temps que moi cette année.

— Vous auriez pu faire la croisière gay ! Ha ha !

Et c'est à l'instant précis où Évelyne fantasme sur un groupe d'hommes musclés en train de jouer au ping-pong sur un paquebot que quelqu'un sonne à la porte. Elle se précipite dans l'entrée. Ben s'attend à la voir revenir avec une lesbienne en chemise à carreaux et coiffée en brosse, ou avec une transsexuelle qui aurait fui le Nicaragua en emportant une robe à paillettes et des implants mammaires. Daniel ne daigne même pas se lever. Enfoncé dans son fauteuil, il bougonne, au bout du rouleau :

— C'est une idée de ma femme.

Évelyne reparaît au salon ; son brushing part en vrille, mais son sourire est toujours aussi franc. Ses deux mains sont posées sur les épaules d'une jeune fille asiatique.

— Dites bonsoir à notre invitée !

La jeune fille se tient droite, très digne, les cheveux noirs attachés en queue-de-cheval. Elle sourit fièrement à l'assistance, heureuse d'être là.

— Je vous présente Hunya-Wé. Elle est cambodgienne.

Daniel se tourne vers elle, son verre de whisky à la main, les glaçons en état de fonte avancée. Évelyne adresse un clin d'œil coquin et complice à Ben.

— C'est une réfugiée politique ! Ha ha !

36

Sur le boulevard Bonne-Nouvelle, Joachim vient d'apprendre une mauvaise nouvelle. Il y a des mots qu'il n'a jamais entendus, dont il ignorait même l'existence, « polykystose » par exemple.

— La polykystose est une formation de kystes sur les reins.

— Depuis quand t'as ça ?

— Ça a été progressif. J'avais mal aux reins, alors j'ai vu un docteur, et le diagnostic est tombé. On m'a mis sous dialyse.

Pour Joachim, le temps se suspend là, devant la façade Art déco du Grand Rex, au son des scooters qui slaloment entre les voitures. Il fronce le mono-sourcil car, bien évidemment, ce n'est pas dans l'ordre des choses : son frère a vingt-quatre ans, à cet âge on n'est pas sous dialyse, on ne va pas à l'hôpital toutes les semaines, on ne parle pas de polykystose. À vingt-quatre ans, on veut être astronaute ou acrobate, on construit des immeubles avec des murs végétaux à arrosage automatique, on fait du jet-ski au large de Sausset-les-Pins. À vingt-quatre ans, on ne mange pas de la purée de courgettes sans sel à l'hôpital en atten-dant une greffe de rein.

— Pourquoi tu m'as rien dit ?

— Tu ne t'es jamais intéressé à moi auparavant, je n'avais pas besoin de ta pitié.

— Et les parents ? Ils auraient quand même pu m'en parler !

— Je leur ai demandé de se taire.

— Ouais, mais c'est grave, quand même !

— Grave pour qui ? Pour moi ? ou pour toi qui as l'impression de passer à côté de l'essentiel ?

C'est comme du verre brisé sur lequel il ne faut pas marcher. Joachim n'ose plus bouger. En trois jours, on lui assène en direct qu'il n'est ni l'amant ni le grand frère idéal. Il n'est que désillusion et déception. Au pied d'une salle de spectacle géante, il se fait tout petit. Bientôt aura lieu l'élection du prochain chef de l'État, annonciatrice du grand changement et d'une société nouvelle. Mais Joachim ne peut rien attendre d'un président ; le changement devra passer d'abord par lui.

— Et les docteurs, ils disent quoi ?

— On attend une greffe de rein. Comme c'est bientôt l'été et les grandes vacances, ils disent que c'est bien pour moi : il y a toujours des accidents de la route, et donc des donneurs.

— C'est pas possible ! T'attends quand même pas après un mort pour te sauver ?

— Je n'ai malheureusement pas le choix.

Le monde selon Joachim est un terrain de handball où l'on se passe le ballon, où l'on rivalise pour la beauté du sport. On n'espère pas que quelqu'un va mourir pour marquer un but. Deux frères qui n'avaient rien à se dire avant une insuffisance rénale

159

ont tellement de choses à échanger ensuite ! Mais ce ne sont pas forcément des paroles d'amour et de fraternité, plutôt des phrases qui parlent d'anesthésie et de chirurgie, froides comme un hall d'hôpital. Son frère, le petit prince adoré, celui à qui tout a toujours réussi d'emblée, souffre d'une polykystose et revêt une peau d'homme fragilisé. Les illusions s'évaporent et les a priori tombent. Rien n'est indestructible dans ce monde où l'on se fait larguer en direct à la télé.

— Putain de merde ! Pourquoi toi ?

— Ce n'est pas la question. Un rein qui ne fonctionne plus, c'est la contingence de l'existence.

— La quoi ?

— C'est l'incertitude de ce qui peut arriver. Rien n'est figé, tout peut basculer en un instant.

Joachim comprend qu'un rein qui vous abandonne ou une femme qui vous quitte, c'est ça la contingence de l'existence. Il n'y a pas de règles ni de démarcations au sol. Rien n'est encadré, personne n'est épargné. On avance pour marquer un but, on espère ne pas tomber. Après tout, ça n'arrive pas qu'aux autres. Joachim fronce le monosourcil en une intense réflexion, mais ne cherche pas une solution pour sauver le monde, juste la vie de son frère.

— Je peux te donner un rein, si tu veux.

— T'es fou !

— Non !

— Il y aura bientôt un donneur.

— Bah, j'en suis un !

— Il y a des risques pour toi.

— Prends mon rein, j'te dis !

— Tu ne m'as jamais fait de cadeau avant, pourquoi tu ferais ça maintenant ?

— Je sais pas... C'est peut-être la contingence de l'existence.

Joachim ne s'interroge plus. Tout est clair, évident. Il a le front volontaire et les épaules solides. Pas la peine de se poser mille questions, il porte en lui la solution, lovée contre sa colonne vertébrale. En quelques jours, il a beaucoup perdu et pourtant il n'a jamais eu autant envie de donner. Sa philosophie tient dans les règles du handball ; alors, c'est l'urgence, pas de temps à perdre, on monte au terrain et on donne son rein. Et tout est contenu dans cet organe vital : la filiation, la propulsion, la rédemption. Quand on se fait larguer, le cœur s'arrête de battre et l'estomac est noué, mais les reins fonctionnent encore.

Paul-Arthur, lui, attend l'été, non pour profiter du soleil, mais pour recevoir une greffe. Cet été, des gens partiront en vacances, les valises rangées dans le coffre de la voiture, la caravane bien arrimée. Ils prendront la route, malgré les recommandations de Bison Futé. Quelques heures plus tard, ils joueront aux raquettes sur la plage, les pieds dans l'eau, de la crème solaire sur le nez. Beaucoup en juillet, autant en août, le grand chassé-croisé estival. Une mauvaise manœuvre, et la caravane se mettra à faseyer, ça fera des tonneaux avec la voiture. D'autres véhicules viendront s'encastrer dans un carambolage. Des gens rendront l'âme sur l'autoroute, certains étant inscrits comme donneurs d'organes. Et c'est là que la coordonnatrice entrera en action depuis son bureau. Elle préviendra un chirurgien responsable de la transplantation, appellera Paul-Arthur pour lui annoncer la bonne nouvelle. L'été, c'est bien pour lui car il y a des tas de reins à redistribuer, des reins fiables mais dépourvus de porteurs valides, des gens qui rêvaient de jouer aux raquettes de plage avec de la crème solaire sur le nez.

— C'est horrible mais c'est comme ça.

— Et si moi je te donne un rein ?

— Il ne s'agit pas d'un paquet de biscottes, faut voir si on est compatibles.

— On le saura pas en restant ici ! Faut faire des examens à l'hôpital.

— Pourquoi tu ferais ça ?

— T'as besoin d'un rein, oui ou merde ?

Deux demi-frères qui n'ont pas le même père mais qui ont la même mère peuvent se partager une paire de reins. Deux demi-frères qui n'ont jamais rien eu à se dire, n'ont pas lu les mêmes livres, ne se serrent pas dans les bras en général, peuvent être compatibles et se faire un don d'organe.

— Il faut une consultation avec un néphrologue.

— Un quoi ?

— Un spécialiste du rein.

— Putain ! Parle normalement.

— Tu devras voir un psy pour qu'on sache si tu n'es pas sous pression.

— Moi, ça va bien. Je me suis juste fait larguer en direct à la télé, rien de grave.

— Ce n'est pas sans risque. La greffe nécessite une anesthésie générale, et après l'opération tu pourrais être sujet à l'hypertension artérielle. Toi qui es sportif, ça ne va pas être évident.

— Moi je suis prêt, et toi ?

On voit rarement les étoiles briller au-dessus de Paris, mais les lumières du Grand Rex illuminent le boulevard, et sur le trottoir Paul-Arthur se sent plus vivant que jamais. L'été, c'est bien pour lui, mais un frère c'est encore mieux.

37

Ben se demande ce qui est préférable : partir ou rester. Partir serait inconvenant. Il ne voudrait pas contrarier son hôtesse, qui s'est surpassée en cuisine. Évelyne zigzague dans le salon jaune en apportant des petites assiettes, qu'elle dépose ensuite sur la table basse, heureuse de proposer à ses invités des feuilles de brick fourrées à la feta, des toasts à la confiture de poivron. Bien calée contre un coussin-poussin, Hunya-Wé a pris place sur le canapé à côté de Ben. Évelyne les encourage à se servir à leur aise, à manger avec les doigts s'il le faut, à la bonne franquette.

— Elle est jolie, notre petite Cambodgienne, n'est-ce pas, Ben ?

— Euh… oui.

— Je vous dis ça, mais en même temps, les femmes, c'est pas votre truc à vous. Ha ha ha !

Ben prend sur lui et la fixe sans un mot, en espérant ardemment qu'elle arrête de rire sans raison. Qui sont ces gens qui ne peuvent s'empêcher de faire des billets d'humour sur les homosexuels ? Ont-ils une vie ? des loisirs ? des neurones oxygénés ? Ben préfère croquer dans une feuille de brick plutôt que de la lui lancer à la figure. Évelyne virevolte et repart en cuisine, laissant ses invités sympathiser au milieu des coussins-poussins.

— Vous parlez français ?

— Plutôt, oui ! Je suis française.

— Ah bon ?... Je pensais que vous veniez du Cambodge.

— Pas du tout. Je suis née à Sartrouville.

— Mais Évelyne a dit que vous étiez réfugiée politique !

— Ma grand-mère, oui ! J'ai raconté un jour à Évelyne son évasion, à la Maison de la Presse où je bosse. Du coup, elle s'est mis en tête que j'avais moi aussi fui les Khmers rouges. Ça la fait triper.

— Et ça ne vous gêne pas qu'elle parle de vous comme ça ?

— Non, elle est complètement foldingue.

— Alors, pourquoi êtes-vous venue ?

— Parce qu'elle m'a dit qu'il y avait du cheese-cake.

Un morceau de feta glisse subrepticement sur le menton de Hunya-Wé. Ben lui fait discrètement signe de la main, histoire qu'elle garde toute sa dignité dans ce salon jaune. Elle s'empare d'un petit-four au jambon.

— J'ai bossé tard, je crève la dalle !

— Bon app'!

— Au fait, je m'appelle Lucie.

— Ah bon ? Mais pourquoi elle t'appelle Hunya-Wé ?

— Je t'ai dit qu'elle est complètement foldingue.

Sur son fauteuil, Daniel cligne des yeux devant le journal télévisé. Il ne cadre pas avec le décor du salon jaune. On a l'impression que tout l'assomme. Et revoilà Évelyne, avec des toasts au saucisson sec.

— Et sinon Ben, ça fait longtemps que vous sortez avec votre ami ?

— Sept ans.

— Formidable ! Vous allez vous pacser ?

— Non, c'est pas prévu.

— Vous envisagez peut-être de vous marier ?

— Ce n'est pas prévu non plus.

Lucie qui, il y a quelques minutes, s'appelait encore Hunya-Wé tente l'expérience du mini-cake au chorizo, trop heureuse d'avoir été invitée. Elle ne se laisse pas distraire par les infos à la télé ni par les micro-trottoirs où chacun donne son avis à coups de « Il faut que… » et « Il n'y a qu'à… ». Pour rien au monde elle ne cacherait son appétit, au grand bonheur d'Évelyne qui se sent impératrice des festivités.

— Quelle gloutonne, cette petite Hunya-Wé… Et à part ça, Ben, vous aimeriez adopter un enfant ?

— Non, pas vraiment.

— C'est formidable, les enfants ! Il en faut au moins trois, parce que deux, ça fait trop symétrique, ha ha ha !

Évelyne continue de rire toute seule. Lucie, la bouche pleine, lui fait un pouce levé. Ben évalue la distance qui le sépare de la porte d'entrée.

— Alors, vous ne voulez ni vous marier ni adopter ?

— Non… désolé.

— Oh ! Mais vous avez droit au bonheur, vous aussi !

Aux informations télévisées, un journaliste tend son micro à un promeneur de l'avenue des Champs-Élysées. L'index levé au ciel, téméraire et vengeur, celui-ci fait l'inventaire de toutes les catastrophes survenues depuis le premier choc pétrolier, en 1973. Il assène des arguments indiscutables. Il croit détenir la solution.

— Monte le son, minou !

Évelyne secoue son mari, légèrement assoupi dans son fauteuil, avant de revenir à la charge vers Ben, lequel tente d'oublier que le petit nom de son directeur d'agence est « minou ».

— Vous êtes prêt pour dimanche ?

— Pour être honnête… non.

— Vous savez au moins pour qui vous allez voter ?

— À vrai dire… non.

Évelyne en écarquille les yeux. Qui sont ces gens égarés politiquement qui vadrouillent dans l'incertitude ? Ont-ils une vie ? des idéaux ? des plans de carrière élaborés ? Le salon jaune, minutieusement élaboré pour paraître solaire, semble terni, délavé. Ben a conscience de décevoir encore davantage son hôtesse, et c'est peut-être le bon moment pour se faire chasser de cette soirée où l'on invite des victimes de discrimination dans le but de se donner bonne conscience. C'est peut-être le moment de se faire la malle et de ne plus jamais revenir poser ses fesses contre un coussin-poussin.

— Je ne sais pas pour qui je vais voter.

— Bon sang, mais c'est bien sûr ! Pour un candidat ultra moderne ! Et qui se bat pour la liberté des minorités opprimées, les moins bien lotis, les classes travailleuses, les gens comme vous !

Ben prend beaucoup sur lui, et particulièrement à cet instant, pour ne pas étaler un toast au pâté sur la figure d'Évelyne. Lucie vient de se figer, les mains devant la bouche. Elle se presse de mâcher et d'avaler.

— Vous êtes de quel bord politique ?

— D'aucun, je pense.

— Vous êtes bien militant ?

— Ça dépend des jours.

— Mais enfin, vous allez bien à la Gay Pride ?

— Ma mère veut y aller. Moi, je n'en ai pas envie cette année.

Évelyne arrête les festivités, elle ouvre les hostilités. Si elle avait su, elle aurait juste sorti un bol de cacahuètes grillées. D'un geste, elle repousse les toasts au pâté, que Lucie suit attentivement du coin de l'œil. Elle veut de l'activiste. Elle veut du révolutionnaire. Elle veut du Che Guevara en béret fluo.

— Enfin, Ben, ce n'est pas possible !

— Les candidats jonglent pour remporter un maximum de voix. À qui faire confiance ?

— Et votre ami, il vote pour qui ?

— J'en sais rien.

— Vous n'en avez pas parlé ?

— Non.

— Mais vous parlez de quoi ensemble ?

— On ne se parle plus.

Lucie mord dans un truc qui ressemble à un œuf mimosa, et un peu de mayonnaise reste collée au coin de sa bouche. Évelyne a l'appétit plutôt coupé. Elle se cache derrière une flûte de champagne. Si Lucie ne dévore pas tous les œufs mimosa, ils partiront à la poubelle. Dans le salon jaune, l'heure est aux grandes désillusions.

— Mon mec m'évite le matin et il me tourne le dos au lit. On ne fait plus l'amour, on fait comme tous les couples quand la passion s'en est allée : on s'ennuie.

— Vous avez peut-être… un plan cul ?

— Non. Et vous ?

Évelyne approche sa flûte au bord des lèvres. Ben s'essuie les doigts sur une serviette en papier. Il la chiffonne et la pose à côté du cendrier.

— Dimanche, je vais annoncer à mon mec que je le quitte, puisqu'il n'est plus amoureux. Pas la peine de continuer à faire semblant.

Évelyne vide d'un trait son verre. Ce n'est pas ce qu'elle avait envisagé. Comme elle est déçue ! Encore une soirée de gâchée. Elle voulait se marrer comme une baleine sur son canapé, parler de sexe sans tabou, de mariage et d'adoption, regarder une imitation de Zizi Jeanmaire chanter « Mon truc en plumes », finir complètement saoule sur le canapé… Elle s'est trompée en invitant ce type mal fagoté, sans convictions politiques ni culture gay affirmée.

Ben s'excuse de ne pas être celui qu'elle espérait, d'avoir entaché son salon jaune et meurtri ses coussins-poussins :

— Je suis désolé de ne pas être à la hauteur de vos stéréotypes, madame. En même temps, vous savez quoi ? Je m'en fous.

— Ah ! C'est bien… Je vais quand même aller décongeler mon cheesecake.

À l'affût du dessert, Lucie relève le nez des œufs mimosa. Faisant contre mauvaise fortune bon cœur, Évelyne remet de l'ordre dans son brushing et repart à la cuisine. Elle peut toujours y rester, boire toute seule devant son lave-vaisselle en lisant un tract rédigé par un secrétaire de parti politique, chanter *La Marseillaise* devant son yucca.

Ben se relève du canapé et salue Daniel, qui ne daigne pas bouger. Enfoncé dans son fauteuil, la joue plaquée au creux de sa main, celui-ci lève mollement une paupière.

— Je m'en vais… Au revoir.

— C'était une idée de ma femme.

— Oui, oui… J'ai bien compris.

Le hochement de tête de Daniel semble signifier « Bonne soirée, merci d'être passé, sans rancune et à lundi ». Il ne le raccompagne pas à la porte. Ben saura bien retrouver son chemin. Dans son élan, il propose à Lucie de l'emmener faire une virée pour changer d'ambiance. Ça ne peut pas être pire ailleurs.

— Ah non ! Moi, je veux du cheesecake !

38

Francine n'a envie de rien. Pas envie de sortir du lit. Pas envie d'ouvrir les volets. En ce samedi matin, elle est enroulée dans les draps en position fœtale ; elle s'accroche à son oreiller, se relie à l'enfance. Elle ne veut pas se lever, pas maintenant, et ne veut pas faire ce que font tous les retraités pour occuper leurs journées : bouger les meubles afin de déloger la poussière, réfléchir à des combinaisons de fruits pour mitonner de la confiture, rassembler des déchets de jardin dans un récipient aéré pour en faire du compost. Elle veut juste rester en boule sous les draps, cachée, à l'abri, et rêver un peu.

Le premier pas vers l'extérieur, l'instant où l'on accède à la lumière du jour, c'est lorsqu'on sort de l'utérus de sa mère. On ne voit pas le soleil, juste un néon glacial, tranchant comme le verre. Bienvenue au monde. C'est le premier traumatisme. Il y en aura d'autres, mais ça, on l'ignore encore. Référent sécurisant, la maman est là pour adoucir la réalité. Le papa arrive plus tard, avec une girafe en caoutchouc. Seulement voilà, Francine n'a pas connu son papa et n'a pas eu sa girafe. On lui a bien fait comprendre qu'il était allemand, qu'il était méchant, que c'était un brigand qui dévorait toutes les tartes aux pommes du monde. La preuve, chaque fois qu'on en mange une, il faut dire : « C'est toujours ça que les Allemands n'auront pas ! » Francine n'a pas eu de papa, et sa maman a d'abord omis de la reconnaître à la naissance. Elle ne s'est pas sentie protégée lors de son arrivée sous les néons. Son père a traversé le Rhin à la nage et sa mère s'est empressée de quitter la table d'accouchement en oubliant le principal. Froide réalité. Francine aurait voulu des parents traditionnels qui l'habillent en rose le dimanche et lui fassent réciter des poésies. Sa réalité n'a pas la douceur d'une girafe en caoutchouc.

Henri toque à la porte de la chambre et l'entrouvre doucement.

— Tu veux du café, ma chérie ?

Francine marmonne sous les draps. Son mari s'approche à pas de loup et pose une tasse de café sur la table de chevet. L'arôme vient lui titiller les narines. Elle trouve soudain l'envie de sortir la tête de l'oreiller. Elle n'a pas eu des parents traditionnels, mais elle a un mari exceptionnel, le genre d'homme qui sème des graines de primevère au mois de mai et qui lui apporte son petit déjeuner au lit. Dans sa déprime matinale, Francine ose abuser de sa gentillesse :

— Tu pourrais me faire des tartines ?

Henri n'a pas le temps de beurrer du pain grillé, quelqu'un sonne à la porte d'entrée. Francine s'assoit dans le lit, remet un peu d'ordre dans ses cheveux, c'est peut-être le facteur ou un adjoint du maire, sait-on jamais. De la chambre, elle les entend discuter. Francine reconnaît une voix de femme chevrotante, qui part dans les aigus, avec un début de sanglots. C'est celle de Ginette, qui habite au bout de la rue Irénée-Blanc et qui apporte le journal à Manée tous les matins. Elle a l'air paniquée. « Oh là là, c'est terrible ! » Ginette se mouche très fort. « C'est cette pauvre Manée, elle est décédée ! » Francine glisse doucement au fond du lit et remonte les draps sur elle. Elle reste là, comme une fillette mal aimée ou une criminelle en cavale. La question n'est pas de savoir si Henri pourra lui faire des tartines, mais si l'on peut d'une seule gifle tuer une dame âgée.

39

Il faut toujours se tenir prête, au cas où un beau brun débarquerait avec de chaudes intentions, un beau brun adepte de la chaussure de marque allemande, solide et fiable. Ça en dit long sur un homme.

Juliette hydrate sa peau avec une crème parfumée à l'abricot. Elle pose les mains sur ses hanches et s'examine devant le miroir : ses petits seins, ses cannes de serin. Elle observe son sexe, épilé, doux comme une hermine. Elle le trouve joli, elle devrait lui parler plus souvent, lui réciter une poésie. « *Hé hé ! C'est ta petite fleur !* » Devant le miroir, nue, elle dessine des huit avec ses hanches et entame une danse du ventre, même si ça ne fait pas d'elle une nouvelle Shakira.

Elle enfile une culotte, un soutien-gorge et son tailleur-uniforme gris. Le devoir l'appelle. Ce samedi, elle part travailler la journée entière au grand magasin. Elle chausse ses souliers vernis. Un dernier regard dans le miroir. Elle ajoute un brin de fard à joues, quelques gouttes d'eau de toilette, et secoue ses cheveux pour leur donner un effet de carré déstructuré. Cette fois, elle est prête. Ça pourrait être mieux mais on ne s'aime jamais comme on est. Est-ce que Shakira s'aime quand elle se regarde dans le miroir ?

Le téléphone sonne. C'est sa mère, la bigote. Juliette hésite un instant avant de se décider à décrocher. En général, elles n'ont rien à se dire, parlent de la pluie et du beau temps, des misères de la vie de quartier, des commérages de Poissy. Mais aujourd'hui sa mère pleure, apparemment bouleversée.

— Qu'y a-t-il ?
— J'ai une mauvaise nouvelle...
— Dépêche-toi, je pars travailler.
— C'est Tonton Francis...
— Qu'est-ce qu'il a encore fait ?
— Il s'est étouffé dans son vomi.

La main de Juliette serre le combiné de toutes ses forces. La jeune femme ne prononce pas un mot. C'est trop beau pour être vrai. Elle imagine son oncle baignant dans une mare de vomi, mélange de gratin de pâtes et de vin rosé, s'enfonçant dans la mélasse fétide jusqu'à y perdre le souffle. Les ivrognes pédophiles ne se cachent pas dans des champs de pâquerettes pour mourir.

— Tu ne crois pas que je vais me mettre à pleurer ?
— Mais c'est mon frère, quand même !
— Tu sais ce qu'il a fait à ta fille ?
— Arrête !
— Non, toi arrête de te boucher les oreilles et de fermer les yeux !
— Il était saoul.
— Et toi, complètement aveugle.
— Il faut lui pardonner, sinon il n'ira pas au paradis.

175

— Qu'il aille au diable !

— Tais-toi !

C'est peut-être l'un des plus beaux jours de la vie de Juliette, celui où Tonton Francis a passé l'arme à gauche. Elle ne lui avait pas souhaité une belle mort, à ce vieux dégueulasse qui lui a fait sentir son sex-appeal très jeune mais qui l'a aussi fait s'en dégoûter très vite. Elle s'était promis d'aller faire le poirier sur sa tombe, et elle s'y tiendra dans un avenir proche. Ce jour-là, elle ne portera pas de jupe mais un pantalon, sinon, depuis sa tombe, Tonton Francis serait encore capable de reluquer sa culotte.

— Tu viendras malgré tout à son enterrement ?

— Certainement pas.

— Tu es méchante !

— Tu me fais de la peine, maman. Alors, retourne voir ton curé et fiche-moi la paix !

Sa mère lui raccroche sèchement au nez, comme elle frapperait d'un coup de bible un enfant dissipé. Elle n'a plus la possibilité de se défouler sur sa fille. Juliette est loin de Poissy désormais, cette vie-là est derrière elle. Elle n'a pas revu son oncle depuis le jour où son genou à elle a atteint avec précision ses parties génitales à lui. Et aujourd'hui, elle est assurée de ne plus le revoir. Quelque chose plane dans l'air, une étrange sensation, comme un mauvais parfum qui s'évente. Mort au fantôme qui reste planté là et vous observe, caché dans une armoire ! La nouvelle du jour se répand dans la pièce. Si le monstre meurt, la blessure s'estompe, il l'entraîne avec lui dans le néant. C'est jour de fête.

Juliette poursuit sa route, c'est à elle à présent d'avancer et d'exister. Un coup d'œil dans le miroir, elle vérifie une dernière fois son maquillage. « *Hé hé ! T'as mis du trompe-couillon !* » dirait Tonton Francis. Elle passe en bandoulière la lanière de son sac. Dans son uniforme gris tel un costume de super-héroïne, elle est en route pour sa mission au grand magasin. Elle est sûre de son rouge à lèvres satiné qui donne du relief à sa bouche. Une voix l'accompagne dans son parcours, une voix suave, chaude, animale, qui ne la drague pas mais la séduit : « On ne vous a jamais dit que vous êtes belle ? »

40

Quitte à choisir, Francine préférerait être auxiliaire de vie plutôt que tueuse de vieilles dames. Elle culpabilise d'avoir giflé Manée. Une ambulance est venue emporter le corps, ce matin, sur un brancard. Francine redoute d'être l'arme du crime, elle va devoir se dénoncer à la police. Elle se définit elle-même comme un bourreau involontaire et compte plaider non coupable devant la cour d'assises.

Depuis la fenêtre de sa cuisine, elle aperçoit du va-et-vient chez sa défunte voisine. Il ne s'agit pas de la police scientifique venue relever des empreintes, mais de Ginette et Simone, deux vieilles femmes résidant au bout de la rue. Qu'est-ce qui se trame ? Francine est avide de savoir ce qui se dit dans le quartier. Elle n'a pas encore les menottes aux poignets, elle est libre de faire entendre sa version des faits visant à protéger les animaux maltraités. Prise de curiosité, elle décide de mener l'enquête et retourne chez Manée. Refaisant le même trajet que la veille – avant le drame, avant la gifle –, elle traverse le jardin, passe la clôture.

Une bonne odeur de tarte aux pommes évince les relents de naphtaline. Des voix résonnent dans la cuisine. Elle entre et découvre les deux mamies attablées devant une tasse de thé. Simone, très grande et très large, parle fort en général. Ginette, toujours coquette, ne prononce jamais un mot plus haut que l'autre – la bonté incarnée.

— Oh, Francine ! Vous vous joignez à nous ?

— C'est-à-dire que…

— On est venues saluer la mémoire de cette pauvre Manée. J'ai fait un gâteau.

— Ça a l'air bon.

— Installez-vous.

— À vrai dire… pourquoi pas ?

Francine s'assoit sur la chaise vide, celle sur laquelle Manée s'installait pour lire son journal chaque matin. Elle aimait bien parcourir la rubrique nécrologique pour savoir qui était mort, qui n'avait pas tenu le choc des grands froids ou de la canicule. Les personnes âgées aiment apprendre le nom des morts pour dresser l'inventaire de ceux qui restent, ne pas oublier que chaque jour est une fête. Francine manigance aussi de se renseigner sur les différentes pistes qu'envisage l'enquête de police.

— Vous savez ce qui lui est arrivé ?

— Je suis venue lui apporter le journal ce matin, et je l'ai trouvée morte sur le carrelage de la cuisine.

— Ah bon ! Pas dans la cave ?

— Non, pourquoi ?

Francine se couvre la bouche comme une enfant qui craint d'en avoir trop dit – une bêtise à demi avouée. Puis elle poursuit sur sa lancée :

— Elle est morte de quoi, au juste ?

— D'après l'ambulancier, c'est une crise cardiaque.

— Ah bon ? Ah, ben tant mieux alors !

— Pourquoi vous dites ça ?

— Parce que… c'est plutôt une belle mort, non ?

Francine se mord la langue pour éviter de confesser qu'elle frappe des vieilles dans leur cave. Manée n'a donc pas succombé à la gifle… Après tout, c'était juste une claque, un soufflet, une petite torgnole qui remet les idées en place. Elle est remontée au rez-de-chaussée, et avant la nuit a sonné l'heure. Son cœur épuisé de méchanceté s'est arrêté de battre, il était temps de partir.

Dans un léger soupir, Francine se détend. Elle n'est pas une meurtrière sanguinaire. Elle a mérité un bout de tarte aux pommes. Simone coupe une large part, qu'elle lui tend dans une petite assiette.

— Allez-y, mangez !

Francine l'accepte volontiers. C'est la fin de la matinée, le sucre n'est pas recommandé à cette heure, mais Simone a un avis tranché sur la question :

— Si c'est pas le diabète, ce sera Alzheimer !

Devant la tarte aux pommes, les trois femmes ont une pensée pour la défunte. Ginette est toujours la plus sensible, la plus charitable et miséricordieuse :

— Pauvre Manée, mourir sur le carrelage !

Simone, plus pragmatique :

— Mourir si seule, surtout !

Ginette esquisse un signe de croix. Francine avale une bouchée, rattrape un bout de pomme qui glisse sur son menton et profite d'être assise ici pour la première fois chez sa vieille voisine pour s'enquérir de quelques informations élémentaires.

— Elle avait quel âge, au fait ?

— Quatre-vingt-deux ans.
— Elle n'avait pas de famille ?
— Oh non, la pauvre…
— Pas d'enfant ?
— Non plus, c'est triste.

Là encore, Simone a son mot à dire :

— Faut dire que c'était une vraie peau de vache !
On était sa seule compagnie.

Ginette reste silencieuse. Elle détourne la tête pour chercher une échappatoire, car elle sait que qui ne dit mot consent. Manée était terrible parfois. On le savait, porte de Bagnolet. Francine l'avait souvent constaté, elle s'était heurtée à sa mauvaise humeur plus d'une fois. Manée était agressive, menaçante. Elle avait pris un chien pour combler un vide, mais ne savait ni s'en occuper ni l'aimer. Quelqu'un qui bat les animaux a forcément un contentieux avec la vie.

— Elle n'a jamais eu d'amoureux ?
— Non, pauvre Manée.
— Mais si ! Helmut !

Ginette a la mémoire courte, contrairement à Simone. Le prénom de l'amoureux de Manée a une forte consonance germanique, ça sonne très « bûche-ron de la Forêt-Noire » ou soldat rescapé de la guerre. Peut-être Ginette fait-elle semblant de ne pas savoir, elle détourne encore la tête. Le cœur de Francine s'ac-célère, comme si l'histoire de la Seconde Guerre mon-diale se racontait à nouveau, libérant un écho dans la cuisine de Manée, devant la tarte aux pommes. Et Simone ne manque pas d'enjoliver la romance :

— Un schpountz en 44, vous voyez le genre ?

41

La romance est bel et bien terminée. Joachim n'est pas du genre à ramper ni à réclamer des miettes, il ne rappellera même pas Mélissa. Il ne lui demandera pas ce qu'il a fait ou n'a pas fait. Elle avait pris sa décision bien avant l'émission. Telle une amazone, elle est partie chasser sur un autre terrain. À l'heure actuelle, elle doit être en train de se faire tracter sur une banane en plastique géante à Palavas-les-Flots par l'autre abruti. Joachim lui souhaite beaucoup de bonheur. Ce matin, il va reprendre possession des lieux, réhabiliter son appartement, vérifier qu'il ne reste aucun cheveu de Mélissa. La suite, il ne la connaît pas. Il va sûrement aller nager à la piscine municipale, s'adonner à un autre sport, faire quelques étirements et prendre un nouveau départ.

Dans le hall de l'immeuble, il rencontre sa voisine, la vieille dame aux cheveux violets, qui récupère son courrier dans la boîte aux lettres.

— Alors, vous avez repris du poil de la bête ?

— Oui, merci.

— Bravo, mon grand !

— Au fait, merci pour la flamiche aux poireaux et aussi pour le ménage. Fallait vraiment pas, mais c'est super gentil.

— Et n'oubliez pas : chaque jour est une fête !

La voisine est drôlement sympathique. Joachim n'est pas vraiment fan de la couleur de ses cheveux, mais elle est quand même très chouette, cette dame. Et même s'il ne va pas s'éterniser devant sa boîte aux lettres ni danser un boogie-woogie avec elle, c'est important de dire merci.

Puisque chaque jour est une fête, Joachim remonte chez lui avec un feu d'artifice et des canons à serpentins plein la tête. Il a de grandes idées de rangement. Dans sa chambre, il vérifie l'heure sur le radio-réveil. Il a encore le temps de faire une lessive et de changer les draps. Pas question de dormir avec l'odeur de son ex. Pour prendre un nouveau départ, toute trace d'elle doit disparaître. Dans la penderie, la moitié des cintres flottent dans le vide et une partie des étagères sont désertées. La vacuité crée son espace d'elle-même. Posé par terre, il retrouve un carton usagé contenant de vieux classeurs et des bulletins scolaires jaunis. Il ne l'a pas ouvert depuis des années, depuis qu'il a laissé ses études derrière lui.

Ses velléités de rangement sont battues en brèche par la curiosité de replonger dans son enfance. En anglais, ce n'était pas brillant. En histoire-géo non plus, d'ailleurs. Sur les bulletins, il lit « Peut mieux faire ». Le pire, ce sont les sciences physiques, un domaine où son frère excelle et où lui n'a jamais réussi à obtenir la moyenne. « Résultats plus que médiocres ». Joachim s'assoit sur le lit et sourit, nostalgique de ses exploits de chahuteur : « Élève dissipé, très doué pour imiter le cri des animaux, mais ce n'est pas ce qu'on lui demande ». Il avait du talent, et pas seulement au handball. Il étale sur le parquet des photos de classe. Le grand, derrière, qui dépasse tout le monde d'une tête et qui en est fier, c'est lui. La fille, sur le côté, qui ne sourit pas, aux yeux soulignés de noir et au pull chauve-souris, c'est sa première copine. Il se rappelle son prénom. Il ne se souvient pas de toutes celles qui lui ont succédé, mais il se souvient d'elle et de ses cheveux qui sentaient la cigarette. Elle voulait élever des rats et estimait que seuls 3 % des habitants de la planète méritaient d'être fréquentés. Il espère qu'elle a réussi sa vie.

Dans le carton, d'anciens cahiers dorment depuis des lustres. Il en feuillette un au hasard et tombe sur un poème rédigé de sa main à l'âge de dix ans. Il l'avait complètement oublié. Peut-être un éclair de génie, sa meilleure création.

Dans la paume de ma main, du miel,
Approche, petit ours,
Lève tes yeux plus haut vers le ciel,
Et brille la Grande Ourse.

Il avait obtenu une mauvaise note car il n'avait pas terminé le poème. C'étaient juste quatre lignes, pourtant il se souvient d'avoir beaucoup réfléchi pour trouver ces rimes, d'avoir froncé ce qui n'était pas encore un monosourcil. Un joli poème écrit avec le cœur, mais, pour la maîtresse d'école, ce n'était pas assez.

Joachim arrache la page du cahier et le lit de nouveau.

Dans la paume de ma main, du miel,
Approche, petit ours…

Il sourit. Et il se rappelle pour qui il l'avait écrit.

42

— Manée vendait du miel et Helmut avait des maux de gorge. C'est comme ça qu'ils se sont rencontrés.

— Ça n'a quand même pas été son seul amour ?

— Oh, je crois bien que si. Faut dire que la pauvre n'était pas très jolie. Elle était même franchement laide.

Francine écoute avec attention Simone lui révéler les secrets de sa voisine. Elle trouvait que Manée manquait de sensibilité, à frapper les animaux ; elle avait oublié de se demander pourquoi. Ginette se cache encore derrière sa tasse de thé, mais Simone continue de raconter une époque déchirée par le bruit strident des sirènes annonçant les bombardements. Chacune courait se réfugier dans la cave, et Manée emportait avec elle ses petits pots de miel. Là, les femmes jouaient aux cartes ou aux dominos en attendant la fin de l'alerte.

— Mais on n'était pas de bois.

— Vous fréquentiez ?

— Je n'étais pas la plus farouche. Et Manée n'a jamais été belle ou rigolote. Alors, quand Helmut lui a fait les yeux doux pour un pot de miel, elle était toute guillerette.

Simone met les pieds dans le plat et Ginette lui fait les gros yeux. Toutes les vérités ne sont pas bonnes à dire.

— Allons bon, j'ai honte de rien ! Moi aussi je l'ai fait, s'exclame Simone.

— Vous avez fait quoi ?

— Coucher avec un Allemand.

Manée, Simone ou sa mère, même combat. La même génération, les mêmes amours furtives, interdites. En temps de guerre, dans les rues, on entendait souvent un enfant fredonner une chanson réaliste sur le froid et la misère, un enfant sans famille qui finirait sûrement dévoré par un loup. Il se promenait, coiffé d'une casquette, devant des femmes qui vendaient des pots de miel ou du fil à coudre. Elles sifflotaient à leur tour pour passer le temps, pour se donner du courage et oublier le danger. Parfois, elles croisaient le regard azur d'un Allemand, d'une intensité déstabilisante. Elles en rougissaient de honte ou de plaisir.

— Manée a perdu la tête avec Helmut. Il faut dire qu'il était bel homme.

Dans son assiette, Ginette déchiquette sa part de tarte en tout petits morceaux. Autant dire qu'elle l'effrite. Francine écoute Simone relater les amours passées des jeunes Françaises sous l'Occupation. À travers elle, une histoire se dessine, dont elle n'a jamais entendu parler, et elle a l'impression de se rapprocher de sa mère – une femme comme les autres, avec ses tracas, ses faux pas et ses non-dits.

Après la Libération, une Française qui avait couché avec un Allemand était forcément coupable et devait porter le poids de cette infamie partout où elle allait. On l'exposait à la vindicte populaire sur un chariot, on la huait, on lui lançait des pierres. En place publique, on l'attrapait par la nuque et on la tondait comme un mouton. Puis on l'abandonnait, humiliée, tête baissée, avec l'assurance que son crâne chauve la dénoncerait durant plusieurs semaines. On la dénudait parfois même entièrement et on lui dessinait des croix gammées au goudron sur les seins ou le front. On l'exhibait ainsi, sachant que la culpabilité et la honte rongeraient sa mémoire jusqu'à la fin de ses jours. La femme tondue était une pute à boches, il ne lui restait plus que ses yeux pour pleurer.

Francine n'a jamais osé demander à sa mère si elle avait subi pareille punition. Avec elle, elle ne parlait pas – il fallait se taire pour oublier. Micheline était une fille mère, on lui avait peut-être pardonné. Francine a gardé le souvenir d'une femme angoissée, usée par le travail et les soucis d'argent, décédée en emportant sa tristesse avec elle. Pour autant que Francine comprenne l'indignation populaire, toutes ces femmes ne méritaient pas un tel châtiment ; on ne peut pas sortir d'une guerre où l'on a fait face à l'horreur absolue et reproduire les actes barbares commis par l'oppresseur. Il faut s'élever, ne pas rester au même niveau que celui de son adversaire. Il aurait fallu contourner cette cruauté.

Francine ose interroger Simone sur cette répression :

— On vous a tondue vous aussi ?

— Oui. J'ai été dénoncée par la fille de la blanchisseuse. Quand je suis retournée la voir, je lui ai tiré la langue. Même sans un cheveu sur la tête, j'étais plus belle qu'elle !

— Et Manée ?

— Également. Mon Dieu qu'elle était vilaine !

Simone éclate de rire et Ginette lui prend la main. Les deux mamies friandes de tarte aux pommes laissent derrière elles un passé peu glorieux mais assumé.

— Manée était amoureuse, je ne l'ai jamais vue aussi heureuse de sa vie. Helmut lui avait même appris à dire « Je t'aime » en allemand. Elle répétait tout le temps « *Ich liebe dich* » devant ses pots de miel.

Manée n'a eu qu'un seul amour, mais pour certaines personnes un seul suffit. Au moins, elle aura aimé une fois dans sa vie. Et elle n'est pas partie sans avoir goûté au miel des sentiments.

Et la mère de Francine, a-t-elle appris à dire « Je t'aime » en allemand ?

— Vous connaissiez Micheline Poularmé ?

— Non, ça ne me dit rien.

— C'est qui, celle-là ?

— C'était ma mère.

Ginette et Simone sirotent leur thé, désolées de ne pas avoir connu la maman de Francine. Elles auraient pu être bonnes copines, faire de la couture ensemble, jouer aux dominos, fredonner des chansons d'amour, effeuiller la marguerite... Francine aura certes entendu un témoignage sur la guerre, mais rien qui lui raconte sa mère et son père, juste des images de cartes postales en noir et blanc, grâce auxquelles elle peut imaginer la vie quotidienne des gens à cette époque, leurs craintes et leurs attentes défilant tambour battant.

Nina passe la truffe par la porte de la cuisine. Elle flaire le sol autour de la table dans l'espoir de récolter quelques miettes et s'arrête devant Francine. Son instinct la met en confiance. Elle pose la tête contre son genou, lève sur elle des yeux humides de mélancolie. Elle a des interrogations canines existentielles : qui va l'accueillir, à présent ? À quelles mains sera-t-elle confiée ? Y aura-t-il encore de la tarte aux pommes au déjeuner ? Simone et Ginette ne semblent pas disposées à adopter l'animal.

— On l'avait oubliée, celle-là !

— Pauvre bête ! Qui va s'occuper d'elle maintenant ?

Francine tend un bout de pâtisserie à Nina, confiante dans l'idée qu'il existe une maison toute proche susceptible de lui ouvrir sa porte.

— Eh bien moi !

43

La chaussure de marque allemande lui a ouvert ses portes et Juliette est restée. Elle a toujours une idée de slogan pour stimuler les ventes : « La chaussure pour aller de l'avant ! » ou « À bon pied, bonne chaussure ! » Parfois, ça fonctionne. Parfois, les gens la remercient, lui disent que ça leur change la vie, qu'ils retrouvent un certain équilibre et le plaisir de marcher. Juliette n'en demande pas tant. Elle sourit car elle est convaincue de vendre une semelle résistante, fiable, une semelle qui ne vous lâche pas.

Pourtant, Juliette ambitionne de sauter d'un stand à un autre, de changer d'étage, tout en demeurant dans le magasin. C'est une grande famille ici. En montant par l'escalator, elle fait coucou au type qui vend des cravates, perpétuellement bronzé, cheveux gominés tirés en arrière et barbe finement taillée, pas d'alliance au doigt et sourire enjôleur. Elle a cru qu'il lui proposerait un jour un rendez-vous, histoire de partager une salade de cœurs de palmier à la pause déjeuner. En fait, non, il préfère les hommes. On raconte même qu'il a eu une aventure avec le vendeur de jeans, celui dont le bras gauche est couvert de tatouages, et que ça a flingué sa relation avec le maquilleur du rez-de-chaussée. Ce n'est simple pour personne.

Aujourd'hui, sur le stand, l'ambiance a pris une drôle de tournure. Madame Claudine a radicalement changé de comportement. Elle a cessé de ronchonner, assise derrière sa caisse. Contre toute attente, elle se montre avenante, attentionnée, un peu trop d'ailleurs. Elle a pris le parti de créer du lien social avec le client jusqu'à le tutoyer.

— Alors ça roule ?

— Euh... oui.

— Qu'est-ce qui t'amène ?

— Euh... c'est pour essayer une paire de chaussures.

— Alors vas-y, te gêne pas, fais comme chez toi !

Et le client est plutôt content de trouver une vendeuse aussi accommodante, qui sorte des clous et ne lui parle pas de façon robotisée. Il s'installe sur le tabouret, enfile une paire de chaussures et se jauge dans le miroir en contrebas. Madame Claudine décide d'intervenir à nouveau, avec une cordialité assez surprenante :

— Ah ouais ! En effet, c'est un beau modèle, mais ça fait très vulgaire sur toi.

C'est là que le client décide de ne pas poursuivre la transaction. Il balance la paire de chaussures contre le mur et décampe sans se retourner. Juliette, embarrassée, ne sait comment rattraper les dégâts.

Madame Claudine ne s'en tient pas là et croit faire preuve de prévenance en allant au-devant d'une cliente. Si elle s'intéresse sincèrement à son cas, elle transgresse un tant soit peu la phraséologie de la bonne vendeuse.

— Alors, ma grosse, c'est prévu pour quand ?

— Pardon ?

— Le bébé ?

— Mais je ne suis pas enceinte !

— Oh, dis donc toi, faut arrêter la tartiflette !

La cliente se décompose. Au bout du compte, Juliette préférait quand sa collègue était moins exubérante. On sentait moins le malaise. Elle ne sait plus comment faire pour pousser Claudine dans la réserve et fermer la porte à clé derrière elle.

— Madame Claudine, prenez votre pause, si vous voulez. Je m'occupe du stand.

— Mais non, ma belle, va grailler à la cantoche ! Moi, je pète la forme aujourd'hui !

Il serait judicieux que madame Claudine décide d'aller se restaurer et dire ses quatre vérités à une assiette de petits pois. Sur le stand, c'est une bourrasque qui se lance dans le rangement de façon très personnelle. Elle présente les souliers à l'envers, semelle en l'air, car elle trouve ça plus drôle, plus ludique, « ça incite le client à changer de perspective et à regarder la chaussure autrement ». Pas sûr. Elle espère surtout être suivie dans son sens inné du bon goût.

— Écoute, mon grand, si tu mets des sandales, enfile une paire de chaussettes, c'est super branchouille !

Juliette n'arrive pas à stopper sa volubilité, c'est une machine enrayée. Elle capitule et songe sérieusement à aller parler à son responsable de rayon pour le supplier de la muter ailleurs, sur le stand de la chaussure italienne par exemple, où l'on écoute les motivations du client, où l'on donne de la valeur à sa personnalité, où l'on propose une expérience unique d'achat, sans lui faire remarquer haut et fort qu'il a les orteils de travers ou marche comme un canard. Dans le grand magasin, chacun s'active au mieux pour satisfaire la clientèle venue en nombre ce samedi. Certains se dévouent jusqu'à sauter la pause déjeuner ou avalent un mini-sandwich au surimi en fumant une cigarette, histoire de ne pas avoir le ventre complètement vide. C'est une grande famille, une fourmilière, l'épicentre de la consommation et du luxe. Juliette s'évade par la pensée et s'élèverait vers la coupole du grand magasin si une cliente ne la rattrapait par le bras pour la ramener à une réalité triviale.

— Votre collègue m'a dit que mon fils était moche et que je puais du bec !

Visiblement bouleversée, la femme ne compte pas en rester là et cherche le directeur auprès de qui se plaindre. Elle connaît plusieurs adjoints du maire, tout ça ne fera pas une bonne publicité. Juliette ne peut laisser faire, elle ne doit pas abdiquer devant le monstre, d'autant que madame Claudine s'amuse à présent à vider une bouteille de gin sur le principal étal du stand. Avec un flegme déconcertant, elle craque une allumette sortie de sa poche et, dans un petit rire diabolique, la jette sur les chaussures. Elle choisit délibérément de foutre le feu au stand. Juliette se précipite, mais il est déjà trop tard : la table s'embrase et les flammes s'élèvent. Les gens alentour poussent des cris de frayeur, s'enfuient en courant, prennent les escalators à contresens. L'alarme anti-incendie s'emballe et madame Claudine applaudit à son feu de joie.

Dans un réflexe héroïque jusque-là insoupçonné, Juliette s'empare d'un extincteur posé au coin de l'al-lée. Elle suit la méthode qu'on lui a apprise lors d'une micro-formation anti-incendie, retire la goupille de sécurité, vise la base des flammes et appuie sur la poi-gnée de l'extincteur pour éjecter la neige carbonique. Puis elle balaie le brasier. Le cuir crépite, les chaus-sures fondent, triste spectacle pour un samedi au temple de la mode et du chic. Juliette espère qu'il ne se produira pas un retour de flammes, parce que la micro-formation anti-incendie ne préconisait rien sur la façon de gérer ce problème. En quinze secondes chrono, Juliette s'improvise combattante du feu et vient à bout de la catastrophe. Quand les pompiers du grand magasin arrivent au pas de course avec leur casque métallisé, elle a vidé l'extincteur, et il ne reste qu'un vestige de table carbonisée tandis que flotte une répugnante odeur de cuir brûlé, comme si l'on avait préparé un méchoui sur le stand de la chaussure de marque allemande. Madame Claudine se roule par terre, sa boîte d'allumettes à la main. Elle s'entortille dans sa folie, avec ses sautes d'humeur qui lui piquent le cerveau. Des agents de sécurité interviennent, la relèvent et l'éloignent de la foule des clients tétani-sés, la menant jusqu'aux ascenseurs, tandis qu'elle se débat et résiste, trouvant même la force de hurler :

— Vous puez tous des pieds !

Juliette a les mains qui tremblent sous l'effet de la poussée d'adrénaline. Un pompier la félicite pour son intervention – celui qu'elle trouve beau avec ses yeux vairons, un peu jeune pour elle mais mignon. Elle a agi instinctivement, mais grâce à elle on a évité le pire, et elle devient reine d'un jour. Sur le stand, les gens l'encerclent et l'applaudissent, des badauds, des habitués du magasin, des collègues de boulot. Les filles de la chaussure de marque italienne s'exclament en chœur : « *Brava !* », tout en secouant leurs beaux cheveux soyeux. L'une d'elles a un grain de beauté au coin supérieur de la bouche, on dirait Cindy Crawford. Juliette ne sait pas à quel sourire se vouer. Même le vendeur de cravates est monté voir ce qui se passait. Il aime bien le pompier aux yeux vairons, lui aussi.

Juliette porte un tailleur-uniforme gris synthétique et des chaussures à talon qui lui font mal aux pieds, mais quand vient le danger, pas de panique, elle répond à l'appel. Debout devant l'allée, elle ne se préoccupe plus de ses cheveux, ni de ses seins, ni de son nez. Fière, invincible, son extincteur rouge à la main et avec un sourire de gagnante, elle se sent un peu moins elle-même, et un peu plus Wonder Woman.

44

Ce n'est pas Wonder Woman ni Miss Monde qu'il espère rencontrer ce soir, juste une fille sympa et accessible avec laquelle boire un verre, finir la nuit chez elle ou chez lui et s'envoyer en l'air. Joachim est d'attaque pour revenir sur le terrain se frotter à la gent féminine. Dans un troquet du centre, où l'on jette les écorces de cacahuètes par terre, il aborde une fille en pantalon serré et veste noire. Elle sirote un Martini blanc toute seule au comptoir. Mystérieuse jusqu'aux bottines. Il lance la conversation, fronce le monosourcil, sûr de son coup.

— Ça va, vous ?

— Bonsoir.

— Je viens dans ce bar un peu par hasard.

— Entre nous, qu'est-ce que le hasard ? N'est-il pas ce qui défie toute législation et échappe à la causalité ? Prenons-nous le temps d'analyser cette manifestation de la nécessité extérieure qui se fraie un chemin dans l'inconscient humain ?

Joachim garde le monosourcil froncé. Alors là, aucune chance que ça se termine au lit. La prise de contact était sommaire, la réponse fait débander. Il tourne les talons vite fait et l'abandonne, perchée sur son tabouret. Il vagabonde dans le bar et s'approche d'une autre, assise toute seule au fond de la salle. Elle porte un top moulant rose layette. Il fronce à nouveau le monosourcil. Elle ne le remarque pas, trop occupée à fouiller dans son sac à main.

— Ça va, vous ?

— Oh, ça va moyen ! J'ai de la polyarthrite au coude, ça veut dire qu'il va pleuvoir, mais j'ai surtout mes angoisses qui reprennent. C'est pour ça que je cherche mon tube de Valium.

Là non plus, ça va pas le faire. La dépressive n'est pas le meilleur plan pour un samedi soir. On lui donne beaucoup de son temps et on finit par avoir envie de se taper la tête contre les murs carrelés de la salle de bains.

Joachim erre dans le bar mais ne sait plus vers qui aller. Il a fait le tour des cibles potentielles et épuisé ses munitions. Il reste debout, son verre à la main, le cœur vide, sans espoir. Ce soir, il espérait rencontrer une fille sympa et accessible, pas une chieuse. Il a bu plusieurs bières, fait deux ou trois parties de flipper, et quand il en a eu marre d'échanger des banalités sur le foot ou la politique avec des piliers de comptoir, il a préféré s'en aller, laissant en suspens cette question adressée aux footballeurs ou aux politiciens : « Alors, qui va gagner ? » Il pourrait téléphoner à cette coiffeuse, celle qui a un léger strabisme et qui lui coupe les cheveux à la tondeuse. Parfois, son regard se perd dans celui de Joachim, avec le sabot à quatre millimètres. La fille rougit alors. Seulement voilà, elle habite au fin fond d'une banlieue. Trop loin, trop galère. Il préfère encore aller dans un sex-shop, se soulager vite fait dans une cabine devant un film porno hongrois tourné caméra à l'épaule. Petit plaisir solitaire du samedi soir. Il cède à la facilité et remonte la rue Saint-Denis. Là où il va, ça sent le déodorant bon marché, la touffe capillaire laquée et la pastille à la menthe.

— Ça va, chéri ?

Sur le trottoir, des prostituées apostrophent le client, patientent sagement, se remettent un coup de blush. Quand on se fait larguer, on remonte la pente comme on peut, et rue Saint-Denis la pente est douce. Joachim espère seulement que les filles bossaient, le soir où il est passé à la télé. Pas envie de signer un autographe. Il tourne la tête à gauche, à droite, cherche une devanture éclairée aux néons.

— Tu t'es perdu, chéri ?

— Euh… non.

— Tu cherches quelque chose ?

— Un sex-shop.

— Je peux faire l'affaire, si tu veux.

La prostituée est une fausse blonde avec des gros seins débordant d'un décolleté en lycra rouge. Elle est boudinée dans une jupe en similicuir noire. Elle a l'âge de sa mère. Joachim préfère rester fixé sur son idée de sex-shop et de plaisir solitaire. Il n'a guère envie de s'éterniser sur le trottoir. En plus, la consommation de bières commence à faire son petit effet.

— Alors, tu te décides ?

— J'ai surtout envie de pisser.

— Monte, chéri, je fais pute et dame pipi.

— Ça ne vous dérange pas ?

— Mais non !

— Merci, madame.

— Je t'en prie, chéri, appelle-moi Goldie.

45

La vie est une pute qui balance des tartes à la crème sur le trottoir. Ben en est sûr, c'était encore lui : le type au monosourcil de la télé. Belle carrure et belle nuque. Il le croise pour la deuxième fois cette semaine. C'est peut-être un signe, un présage amoureux. Ce sportif est placé sur sa route pour lui insuffler un nouvel espoir, améliorer son endurance, le faire transpirer intensément – pour qu'ils s'inscrivent ensemble au semi-marathon de Paris ?

Accoudé au comptoir, Ben n'a pas osé l'aborder. Il l'a vu aligner les bières, faire le joli cœur avec les filles, jouer au flipper et s'en aller. Le sportif a passé la porte comme un légionnaire qui repart en mission, et le mirage s'est une fois de plus volatilisé. Ben n'a pas osé se jeter sur lui, l'attraper par la ceinture de son jean, lui souffler à l'oreille : « Laisse tomber les filles ! » Un coup de poing dans la figure est si vite arrivé. Le type au monosourcil a peut-être un tempérament irascible, peut-être manque-t-il d'humour. Ben n'a pas voulu prendre le risque, il n'a jamais abordé qui que ce soit de cette manière. Il n'a connu qu'un seul amour, et c'est son mec qui avait fait le premier pas, son gobelet de mousseux à la main.

Quand on souhaite qu'une rencontre inopinée se prolonge en sensualité, il vaut mieux s'assurer que l'autre est réceptif, qu'il aime les hommes. Ces informations passent par le regard et se décodent dans le sourire, d'abord amical puis lubrique. Ben a compris qu'il était irrévocablement homosexuel quand il a constaté qu'il était encore scotché, à l'âge de quinze ans, à la page des slips du catalogue de La Redoute. Les mannequins avaient eu beau changer, remplacés tous les ans, ils avaient toujours des abdos, des quadriceps, un bon paquet. Lorsqu'on admire cette page dans son lit pendant des heures, c'est à coup sûr un indice d'homosexualité. En tout cas, pour Ben, ça s'est avéré.

Aujourd'hui, Ben devrait peut-être s'inscrire sur Internet, forcer la rencontre, choisir un homme qui lui plaise et suivre les conseils de certains amis qui l'encouragent à s'amuser. « Faut qu'tu baises ! » Son couple n'en est plus un, autant se porter ailleurs. Il joue avec son téléphone, hésite à cliquer et à se créer un profil, à revenir dans la ronde de la séduction. Alors il boit tout seul au zinc, un samedi soir, veille d'élections, une dernière bière avant le changement de président. Il écoute les opinions discordantes des clients alentour sur les évolutions sociétales.

Élire un président, c'est comme choisir un nouveau père. On l'espère serein, faisant preuve d'autorité – suffisamment mais pas trop –, chauve ou pas. Les grands sont impressionnants, les petits sont souvent des roquets. Les candidats à la présidentielle espèrent incarner le renouveau. À chacun son papa.

Au milieu des brèves de comptoir, Ben termine sa bière en écoutant des discussions enrichissantes à tout point de vue. « Je m'en branle du second tour, moi ce que je veux, c'est de l'anisette ! »

Juliette a pris une douche, s'est fait un shampoing et a retiré un comédon sur son nez, surprise de le trouver là, car la zone médiane de son visage n'est pas réputée grasse. Elle a enfilé un débardeur en coton blanc et un bas de pyjama dont l'imprimé représente des écureuils, et elle s'est installée sur le canapé. Un samedi soir tranquille, en attendant la rediffusion de *Coup de foudre à Notting Hill*. Elle s'est préparé une soupe chinoise instantanée, qu'elle a dégustée devant le bouquet de fleurs acheté en rentrant du grand magasin. Elle se l'est offert pour se féliciter de son exploit, il n'y a pas de mal à se faire du bien. Elle entend encore les applaudissements de ses collègues, boit du petit-lait, se complimente. Elle croule sous de nouvelles sensations. On n'est jamais à l'abri d'un réveil.

Dans un magazine, elle coche les cases d'un test de personnalité. Quelle est votre part d'ombre ? Après quoi courez-vous ? Êtes-vous coquine ? Comment gérez-vous la honte ? Quelle artiste sommeille en vous ? Juliette occupe son début de soirée en répondant à un quiz et apprend à mieux se connaître en quinze questions.

Elle sait déjà quelle artiste sommeille en elle : elle aurait voulu être Catherine Deneuve, avec sa blondeur éblouissante, ce chic français, cette élégance irrésistible qui fait chavirer les séducteurs italiens. Elle aurait voulu la *dolce vita*, la *romantica*, le festival de Cannes en robe YSL. Elle aurait voulu se faire fouetter contre une sapinette en appelant au secours d'une voix flûtée. À la trentaine, Deneuve avait déjà accompli une carrière glorieuse, accumulé maris, enfants, couvertures de *Paris Match*, un tas de choses qui rendent la vie d'une femme palpitante. Catherine Deneuve ne vend pas de chaussures de marque allemande et n'a pas la zone médiane du visage réputée grasse – on n'obtient pas un César en traquant les points noirs devant une soupe chinoise. Sur le moment, Juliette se demande si Catherine Deneuve répond à des quiz, elle aussi, le samedi soir.

Quel est votre challenge amoureux de l'été ?

Mince, c'est bientôt l'été, juste après l'élection présidentielle. Juliette a prévu de partir une semaine avec Goldie au bord de la Méditerranée, de louer une voiture et de visiter les villages de Cavalaire-sur-Mer à Bormes-les-Mimosas. Elle n'a rien envisagé pour la suite, s'est encore moins fixé de challenge. Elle s'en remet au destin, à l'imprévu, à un beau brun qui forcerait sa porte, un peu comme dans *Coup de foudre à Notting Hill,* d'ailleurs. Elle lâche ce magazine qui lui met la pression et s'enfonce dans le canapé. Le film commence bientôt.

47

La prostituée a une affiche de *La Fièvre du samedi soir* dans ses toilettes. Soit elle est fan de disco, soit elle en pince pour John Travolta depuis les années 70. Peut-être les deux. Joachim vient d'évacuer un litre de bière. Il referme sa braguette.

— Pas si vite, chéri. Tu peux me montrer ton p'tit oiseau.

— Bah non ! Je vais pas rester.

— Je suis trop vieille pour toi ?

— Non… Enfin, si… Enfin, désolé.

Goldie est assise sur le lit, les épaules voûtées, les cuisses aplaties sur le drap. Elle a ôté son haut en lycra rouge, exhibant ses gros seins dans son soutien-gorge noir. Son rouge à lèvres brille encore mais le maquillage de ses yeux a coulé. Tout n'est que cache-misère.

— Et si j'te fais un prix sur la turlutte ?

— Non merci.

— Je suis si vieille et si moche que ça ?

— Non ! Enfin… je suis pas d'humeur à aller aux putes.

— Allons bon ! C'est pas grâce à toi que j'vais m'enrichir et m'casser aux Bahamas !

Joachim n'ose pas repartir en courant. La prostituée est un brin vulgaire, mais hospitalière. Elle a préparé un lieu propice à l'amour en couvrant l'abat-jour d'un foulard mauve. La lumière de la pièce est tamisée. Sur les murs du studio, la tapisserie usée se décolle. Un collier de perles déborde d'une boîte à bijoux posée sur la table de chevet. De l'eau stagne dans une bouteille en plastique à moitié vide, sur la moquette râpée. Goldie s'est avachie sur le dessus-de-lit en velours parme. Sa jupe remonte le long de ses cuisses grasses et laisse entrevoir sa culotte. Il est peut-être temps de s'enfuir, après tout.

— Alors, chéri, c'est quoi ton genre de femme ?

— Plutôt jolie, mon âge.

— Comment ça s'fait qu'un beau gaillard comme toi est tout seul, un samedi soir ?

— Je me suis fait plaquer par ma copine, elle s'est barrée avec un pote, en plus j'ai boxé un présentateur de télé, et puis il y a mon frère qui a besoin d'une greffe de rein.

— Allons bon ! Vas-y, chéri, raconte-moi ta vie. Je suis pute, dame-pipi et psy aussi.

C'est veille d'élection, et la prostituée soulage les crises avant la nomination du nouveau chef de l'État. Dans sa chambre, on vient faire l'inventaire de ses malheurs et de ses tracas. On vient s'épancher, pleurer devant sa culotte ou se moucher entre ses seins derrière lesquels bat le cœur d'une potentielle mère nourricière. La prostituée remet tant bien que mal son haut rouge en lycra. Elle recouvre son ventre et ses illusions. Elle n'est pas Miss France ni pop star, juste une vieille pute avec du bleu à l'âme, et elle repartira tapiner tandis que Joachim terminera sa nuit dans la cabine d'un sex-shop, devant une actrice porno hongroise de son âge, au pubis fraîchement épilé.

— T'es pas flic au moins ?

— Non.

— Tueur en série ?

— Non plus.

— J'en ai vu moi, tu sais !

Du bout du doigt, elle essuie le bleu qui déborde de ses yeux avant de caresser d'une main franche le torse de Joachim qui bombe sous son T-shirt. Elle redessine sa musculature dans la chambre tamisée.

— C'est vraiment dommage ! Ça m'aurait changé des gros cochons.

— Euh… je dois m'en aller.

— Tu veux même pas me serrer dans tes bras ? Ça te ferait du bien, un câlin.

Alors Joachim déploie son envergure de handballeur et accueille Goldie, qui s'en donne à cœur joie. Après tout, il lui doit bien ça. C'est le pourboire de la dame-pipi pour la petite commission. Deux personnes en manque d'affection, qui ne se connaissent pas, se font un *free hug* un samedi soir. La prostituée sent très fort la vanille et un peu la sueur, à cause du lycra, mais elle est gentille, et c'est la première présence féminine que Joachim serre contre lui depuis son ex. Il fait un geste de tendresse mais ne tombe pas forcément amoureux.

— Faut vraiment que j'y aille.

— Attends, chéri, tu vas pas finir ta soirée dans un sex-shop ?

— Bah, pourquoi pas ?

— J'ai une copine à te présenter, si tu veux.

— C'est pas mon truc, les putes.

— Non ! Une vendeuse de chaussures !

Goldie semble irradiée par un éclair de génie. Elle enfile son haut et sa ceinture dorée, chausse en vitesse ses souliers vernis rehaussés de strass, avale une pastille à la menthe et en propose une à Joachim.

— Tiens ! On n'sait jamais.

Elle l'attrape par la main et, telle une fée new age opérant en faveur du grand changement, elle l'entraîne dans l'escalier de son vieil immeuble. Pas de baguette magique, juste son culot.

— On va où ?

— À l'étage du dessus, chéri.

— Pour quoi faire ?

— Je suis pute, dame-pipi, psy et entremetteuse. J'espère recevoir un jour la médaille du Mérite.

Joachim suit la prostituée qui monte les marches au pas de course. Elle est grassouillette, mais elle a la foulée bondissante. Arrivée en haut, elle toque fort à une porte.

— Ouvre, ma pépette, je sais que t'es là !

48

Juliette ne s'attend pas à recevoir de la visite si tard, au beau milieu de *Coup de foudre à Notting Hill*. Sacrilège. Quand elle ouvre la porte, elle trouve sa copine Goldie à côté d'un homme, un grand brun athlétique, avec une cage thoracique assez large, le genre de type qu'il ne faut pas énerver. Les cils de Juliette battent nerveusement. Elle est en bas de pyjama et débardeur blanc. Elle ne se sent pas à son avantage. D'une main dans le dos, Goldie pousse le grand baraqué dans l'appartement.

— Tiens, c'est cadeau ! Bonne soirée !

Et Goldie repart en dévalant les marches sur ses talons hauts. Juliette n'a pas le temps de comprendre ce qui se passe, elle se retrouve avec cet homme projeté sur elle, qui manque de lui marcher sur les pieds.

— Euh… désolé.

— Non, non, pas grave.

— Elle est folle, votre copine.

— Je crois bien, oui.

Le type a l'air d'une brute épaisse au premier abord, d'autant qu'il ne sourit pas, ce qui ne facilite pas les choses. Il la regarde, benêt, ne sachant trop quoi dire, n'osant pas bouger, ne comprenant pas lui-même ce qu'il fait là.

Juliette focalise son attention sur son monosour-cil. Ce n'est pas évident à porter. C'est étrange qu'il n'ait pas cherché à le tailler. Elle aurait presque envie de courir à la salle de bains pour lui rapporter une pince à épiler. Il est grand, large d'épaules, mal rasé, le genre criminel en cavale dans les films policiers. Merci du cadeau. Sa copine Goldie lui a refourgué un client, et Juliette va se faire trucider dans son propre appartement. Elle s'efforce de rester impassible, en effaçant toute émotion liée à la peur.

— Vous êtes un client de ma copine ?

— Non, pas du tout.

— Un cousin éloigné ?

— Non plus.

— Vous êtes qui, alors ?

— En fait, je sortais d'un bar et j'avais envie de pisser. Elle m'a fait monter chez elle et c'est comme ça que j'ai su qu'elle était fan de John Travolta.

Juliette n'a pas tous les tenants ni les aboutissants de l'histoire. Elle voudrait bien qu'il parte pour pouvoir regarder tranquillement la suite de son film, se faire une infusion au thym, se mettre une crème de nuit, et surtout qu'il arrête de la dévisager avec tous ces écureuils sur son bas de pyjama. Le type au monosourcil la contemple de la tête aux pieds sans rien dire. Il doit la trouver ridicule.

— Votre copine m'a dit que vous étiez vendeuse de chaussures.

— Oui, en effet.

— Où ça ?

— Au grand magasin.

— Ça doit pas être facile tous les jours.

— Non, c'est sûr.

Les cils de Juliette s'emballent encore et son cœur bat très fort. Peut-être parce que cet homme s'intéresse à elle, à ce qu'elle fait dans la vie, peut-être aussi parce qu'il a un beau port de tête – comme un cavalier de la Garde républicaine –, une jolie bouche, et qu'elle le trouve séduisant dans son aspect brut. Elle en oublie son monosourcil. Un éventreur ne prendrait pas la peine de lui adresser la parole. Il lui aurait fait sa fête dans l'entrée. En même temps, Goldie ne lui aurait jamais mis un éventreur dans les pattes ; elle essaie juste de lui trouver un gentil fiancé.

Juliette, à plus de trente ans, se méfie beaucoup trop des hommes ; c'est presque devenu un réflexe chez elle. Elle a toujours une bonne raison de se détourner d'un homme : trop accro au foot ou à sa mère, trop fumeur ou rabat-joie, trop circoncis ou pas du tout, trop de monosourcil en général. Trop de raisons d'affirmer que ce n'est jamais le bon. Elle attend inlassablement l'homme de sa vie, en espérant qu'il ressemblera au mannequin en slip qui court dans les dunes pour une marque de parfum, et qu'il sera gentil, drôle et fidèle. Au point où elle en est, Juliette a le choix de s'enterrer dans le gouffre du célibat ou de s'ouvrir à l'impondérable, à ce mec au monosourcil, par exemple.

— Ça vous dirait de prendre un verre ?

— Je veux pas déranger.

— Ça me fait plaisir.

— Alors, je boirais bien une bière.

— Je n'ai que du panaché.

— Ça ira.

Juliette n'arrive pas à chasser les petits cœurs qui tourbillonnent au-dessus de sa tête. Elle referme la porte du pied et l'invite à s'asseoir sur le canapé. Tout est design suédois chez elle, minimaliste et pratique. Le canapé deux places se déplie aussi pour faire couchage d'appoint, on ne sait jamais. Elle s'en va à la cuisine chercher deux verres et du panaché bien frais. Elle fait l'hôtesse de maison qui rebondit et s'adapte à l'imprévu avec courtoisie. Ce soir, elle reçoit un invité, un homme qui ne se jette pas brutalement sur elle avec une main aux fesses et une langue de trois mètres. Un mec bien.

— Au fait, vous me reconnaissez ?

— Non, pourquoi ?

— Pour rien.

— Mais si, dites-moi.

— Je me suis fait larguer en direct à la télé.

— Ça ne me dit rien.

— Tant mieux.

Juliette coupe le son de la télévision et s'assoit à côté de lui sur le canapé. Ils trinquent. Ce n'est pas si vilain, ce monosourcil, finalement. Ça lui va même plutôt bien. Dommage qu'elle n'ait pas eu le temps de se changer.

— Au fait, je m'appelle Juliette.

— Et moi Joachim.

— Désolée, je suis en pyjama.

— Pas grave.

49

Joachim projetait de finir la soirée tout seul dans une cabine de sex-shop, il ne s'attendait pas à trinquer avec une vendeuse de chaussures de marque allemande, une pro du talon cranté, de la semelle micro-aérée. C'est la magie de la vie. C'est encore un signe de la contingence de l'existence. Il aurait préféré une bière, une bonne mousse bien fraîche qui accroche le palais, mais il ne va pas se plaindre.

La fille est plutôt jolie, fine et élancée comme une danseuse de ballet, le teint pâle, les cheveux attachés. Elle porte un bas de pyjama imprimé avec des écureuils. Il trouve ça mignon. Il vient justement de voir un documentaire sur le comportement des écureuils roux en hiver. C'est facétieux, un écureuil, moins qu'une loutre mais quand même. C'est une invitation au câlin.

Fuyante et méfiante, Juliette n'ose pas le regarder dans les yeux, délicate chatte qui garde les mots derrière ses lèvres pincées. Il lui a fait habilement remarquer qu'il est nouvellement célibataire, donc disponible tout de suite. Depuis sa rupture, il n'a rencontré aucune femme. À sa place, certains se seraient déjà connectés à un site pour rencontrer une fille dans la région, une coquine qui porte bien le string et n'a pas la langue dans sa poche, ou une cougar affamée aux ongles limés, ou encore une échangiste qui vous reçoit menottée au lit avec l'envie d'entendre plein de cochonneries. Ce soir, Joachim rencontre une vendeuse de chaussures, et, bien sûr, avec son bas de pyjama, elle n'a rien d'une chaudasse, mais l'habit ne fait pas le moine et elle peut se révéler à tout moment une guerrière du sexe.

— Si vous voulez j'ai du guacamole et des chips.

— Non, merci.

— Vous êtes sûr ?

— Oui, oui, j'ai pas faim.

Silence. Chacun s'efforce d'éviter de croiser le regard de l'autre. Trop intimidant. Ce soir, c'est un challenge pour Joachim. Il socialise de nouveau avec le spécimen féminin. Juliette, peu bavarde, étale ses mains gracieuses sur ses cuisses, vérifie la propreté de ses ongles. Soudain, elle remarque une trace sur la table basse, un reliquat de soupe chinoise. Elle l'essuie du bout du doigt, puis se met à frotter la surface avec le bas de son débardeur, en précisant que c'est une table facile à nettoyer et surtout à monter, même pour un débutant, une conception suédoise très fonctionnelle. Elle est sur le point de s'armer d'une éponge grattante, si ça continue comme ça. Elle s'occupe, elle est aussi mal à l'aise que lui, finalement.

— C'est joli chez vous.

— Merci.

— Vous vivez seule ?

— Oui.

— Pas d'animaux, un chien ou un chat ?

— Non.

— Et sinon, pas d'homme dans votre vie ?

— Non plus.

La fille donne des réponses brèves, vite expédiées. Elle est délicate et attendrissante, elle a cet air distant de chatte mal aimée. Joachim essaie de lui plaire. Après tout, elle l'a fait entrer chez elle. Peut-être que le coup du monosourcil, c'est ringard et désuet.

— Vous êtes timide ?

— Je ne sais pas quoi dire, en fait.

— Je vous plais pas ?

— Si ! Enfin, je veux dire, ce n'est pas la question.

Juliette rougit un peu. Elle fixe ses mains de nouveau, ses phalanges, puis la télé où Julia Roberts est libérée du poids des mots, puisque le son est coupé. Juliette rassemble ses idées, puis s'intéresse à son invité surprise.

— Et vous faites quoi, dans la vie ?

— Je suis moniteur d'auto-école.

— C'est bien, ça.

— Oui, c'est tranquille.

— Pas d'accident ?

— Non, jamais.

Sur ces paroles essentielles, qui n'invitent ni à la séduction ni au plaisir charnel, Joachim reprend une gorgée de panaché. Son nez taquine la mousse. Il dévisage la vendeuse de chaussures de ses yeux noirs, le monosourcil bien en place. Elle sourit ingénument et tourne la tête sur le côté. Elle va succomber, c'est sûr.

— Vous avez déjà été amoureuse ?

— Je ne sais pas…

— Pas facile, hein ?

— Je crois que je n'ai jamais rencontré le bon.

— Et c'est quoi, le bon ?

— Je ne sais pas… Difficile à dire… Le bon mec, c'est celui qui est gentil et attentionné, qui se réveille le matin à côté de moi et qui me fait un café, qui ne me considère pas comme sa repasseuse de chemises ou de slips, qui ne me fout pas une gifle si j'ai mal refermé la porte du frigo, qui ne me gueule pas dessus parce que j'ai fait rétrécir son T-shirt préféré, qui n'a pas une folle envie d'inviter ses copains à regarder le foot à la télé, qui ne se sent pas obligé de me coller sa mère en cuisine pour que j'apprenne à faire les tomates farcies, qui ne m'adore pas une fois par semaine avant d'aller retrouver sa femme et ses gosses, qui ne me force pas à crier son nom quand on fait l'amour, et surtout qui ne me répète pas que j'ai des petits nénés.

Joachim est statufié devant son verre de panaché. Il fait face à une éclopée de l'amour, une vendeuse de chaussures qui a un peu trop les pieds sur terre et ne grimpe pas assez aux rideaux. Elle semble vouloir fuir la gent masculine et ne communiquer qu'avec les écureuils. Joachim se sent investi d'une mission. Si la prostituée l'a conduit ici, c'est pour qu'il sauve son amie, contemple sa poitrine, lui dise qu'elle est douce à caresser, respire son vagin comme une fleur de jasmin, lui fasse l'amour jusqu'au petit matin. Il a le choix entre rester ou partir et terminer sa soirée dans un sex-shop, une cabine froide, reflet d'un

monde technologique où l'on se fait larguer en direct
à la télé.

— Je vous ennuie avec mes histoires ?

— Non, pas du tout.

— Vous voulez un autre panaché ?

— Ouais, avec plaisir.

Juliette se lève et va chercher d'autres boissons
dans le réfrigérateur. Sur la table basse, un magazine est ouvert à la page de l'horoscope, à côté d'un
livre. Joachim l'avait bien remarqué mais n'avait pas
poussé la curiosité jusqu'à le regarder de près. Sur
la couverture figure le dessin de deux hommes, Paul
Verlaine et Arthur Rimbaud. Paul et Arthur, comme
son frère.

— Ça parle de quoi, ce livre ?

— Ce sont des poèmes.

— Je connais pas.

— Vous aimez la poésie ?

— J'en lis pas mais j'en ai déjà écrit.

— Ah bon ? Vous êtes auteur ?

Les canettes de panaché à la main, Juliette a les
yeux qui brillent, et Joachim ne veut pas la décevoir.
Il en profite pour lui parler de son chef-d'œuvre
d'enfance retrouvé dans les cartons, les quelques vers
rédigés sur son cahier d'écolier qui ne lui avaient pas
valu une bonne note.

— Je l'ai dans ma poche.

— J'aimerais bien vous écouter.

— Vous allez rire, j'avais dix ans quand je l'ai écrit.

— Allez-y.

— Bah, non, c'est pourri.

— Et moi j'insiste !

Joachim se lève du canapé, cherche dans la poche de son jean le papier qu'il a conservé. Il prend une grande inspiration et se lance.

Dans la paume de ma main, du miel,
Approche, petit ours,
Lève tes yeux plus haut vers le ciel,
Et brille la Grande Ourse.

Juliette en reste bouche bée, les canettes à la main. Joachim se gratte la tête, plus à l'aise dans le rôle de champion de handball que dans celui de poète. Ce soir, il a peut-être ruiné ses chances avec la vendeuse de chaussures.

— Vous avez trouvé ça complètement con ?

— Non, au contraire.

— C'est nul.

— Pas du tout, c'est très mignon.

— Vous me charriez.

— Non ! Le bon mec... c'est peut-être un grand baraqué qui écrit de la poésie interdite aux plus de douze ans.

Et là, c'est le feu vert. Devant *Coup de foudre à Notting Hill* mis en sourdine, se joue « Coup de foudre rue Saint-Denis ». Joachim fait un pas vers elle, la fille au bas de pyjama imprimé avec des écureuils. Il monte au terrain et accourt vers la surface de but. Il la soulève par les fesses et la serre dans ses bras. Il l'embrasse à pleine bouche. Une météorite s'abat au milieu du salon. Juliette s'en donne à cœur joie, elle écarte les cuisses et les bras, lâche les canettes sur le tapis suédois à poil ras facilement lavable en machine.

50

On dirait une poésie, une nature morte, un instant du quotidien peint avec de belles aquarelles. En ce dimanche matin, porte de Bagnolet, dans sa chemise de nuit en coton rose, Francine beurre des petits pains suédois. Le café fume dans son bol, la gelée de groseilles luit dans son pot, les petits pains suédois laissent quelques miettes sur la nappe brodée. C'est le rituel pour bien démarrer la journée, une valeur sûre, un confort rassurant. Assis en face d'elle, Henri lit le journal à la page nécrologique, une pâte de fruits posée à côté de son bol de café.

— Tiens, le père Boivron est mort.

— De quoi ?

— Il faisait de la tachycardie, tu sais bien.

— Oui, c'est triste.

C'est triste, mais c'est comme ça. Comme tous les matins, il y a du café dans les bols et des morts dans le journal. Une place pour chaque chose et chaque chose à sa place. Francine veut savourer des joies simples. Elle éprouve le bonheur de partager un petit déjeuner avec son mari. Au bout de quarante ans de vie commune, elle trône au sommet de l'échelle de l'amour. Elle a construit sa félicité à l'instinct, sans repères, puisqu'elle n'a jamais vu ses parents ensemble. À l'époque, il aurait été déplacé de voir une femme française et un soldat allemand beurrer des petits pains suédois ensemble, on n'était pas vraiment concerné par l'Union européenne. Aujourd'hui, au cœur d'une Europe qui partage la même monnaie, Francine se sent sur le qui-vive : c'est un dimanche spécial, une journée d'élections. Le nez plongé dans son bol, elle sait pour qui elle va voter. Son mari, lui, a d'autres préoccupations, aux antipodes de la politique.

— Dis-moi, ma chérie, tu aurais pu me consulter avant d'adopter ce chien.

— Elle fait partie de la famille maintenant.

— C'est bien beau tout ça, mais comment on va faire pour le voyage en Floride ?

— On trouvera bien. Il n'y a pas de problèmes, mon chéri, il n'y a que des solutions.

Henri marmonne avant de disparaître derrière son journal.

Sous la table, Nina essaie tant bien que mal d'attraper au vol quelques miettes de pains suédois. En ce dimanche matin, chaque chose est à sa place, et Francine savoure des joies simples : un mari, un chien, de la gelée de groseilles, et bientôt un nouveau président.

51

Juliette aime se réveiller avec un homme à ses côtés, s'étirer dans le lit, rassasiée de sexe, la chair encore saoule, le genre de joies simples dont elle n'a pas l'habitude. Elle se glisse doucement hors du lit pour ne pas réveiller Joachim, enfile son débardeur et une culotte – parce que l'option bas de pyjama pouvait encore passer hier soir, mais n'est plus possible ce matin. Les écureuils, ça tue l'érotisme. La nuit a été torride, les corps embrasés. Ils ont roulé du canapé jusqu'au lit, tout n'était que rugissement. Il s'est cramponné à cette vierge folle, elle s'est agrippée à ce conquérant blessé. Les draps ont fini moites et chiffonnés par terre. Ils se sont endormis au bout de la nuit. Elle ne va pas tout gâcher ce matin avec son bas de pyjama des jours de solitude.

Sans un bruit, elle file à la cuisine et prépare du café. Les capsules ont des appellations suggestives : Intenso, Ardento, Splendido. Juliette espère qu'il y aura une prochaine fois, du sexe intense, ardent et splendide, de l'amour à faire, de l'amour à vivre. Après une nuit pareille, impossible de manger une soupe chinoise en solitaire en cochant les cases d'un test de personnalité : « Quel est votre quotient émotionnel ? »

— Salut, petites fesses !

— Oh, bonjour !

Joachim retrouve Juliette devant la machine à café. Il se frotte les yeux et s'étire un peu dans son boxer-short avec la félinité d'un tigre au réveil. Il a incroyablement bien dormi. Il l'enlace et l'embrasse dans le cou, lui faisant grâce de l'haleine chargée du matin. Elle est jolie dans sa petite culotte, espiègle et naturelle, comme une chatte amadouée qui vient se faire caresser le dos à la lumière du soleil. Il aurait voulu dormir encore un peu et câliner son corps dans la pénombre de la chambre. Ce sera peut-être pour une prochaine fois. Il espère seulement qu'il y aura une prochaine fois. Il se rince la bouche avec le café.

Il a fait du corps de Juliette le meilleur des trophées, elle a fait de son lit une oasis de luxure et de sérénité. Après la nuit fiévreuse, ils sont passés au tutoiement. En ce dimanche matin, c'est comme s'ils n'avaient plus envie de se quitter.

— Bien dormi ?

— Super !

— Au fait, t'es quoi comme signe astrologique ?

— Scorpion. Et toi ?

— Verseau.

— J'y connais rien.

— Ça fait des étincelles !

Juliette n'y connaît rien non plus, mais elle fait semblant. Elle se jette à l'eau. Peut-être en dit-elle trop. Elle a envie de bras aventureux qui l'enlacent jusqu'à l'incandescence, de bouches avides qui mangent tout, absolument tout, qui se cherchent et chantent à l'unisson. Après le sexe, juste avant de s'endormir contre Joachim, elle s'est souvenue de ce que lui avait dit sa psy un jour, une interrogation qu'elle avait laissé planer en cours de séance : « Comment faire pour que la solitude ne se retourne pas contre vous ? » Juliette n'avait pas forcément de réponse à formuler, rien qui change la face du monde. S'inscrire à un club de badminton ou de gym suédoise, ça aide forcément, ça inclut dans un groupe et ça donne l'impression de ne pas être seule. Boire un panaché avec un inconnu qui vous plaît et finir la soirée avec lui, c'est bien aussi. Même si ça reste éphémère, elle aura vécu un beau moment.

Joachim fait quelques moulinets avec les bras. Il n'est pas spécialement causant le matin. C'est toujours étrange ce moment après la nuit, après l'amour, quand il faut se justifier, mettre au clair ses intentions futures et les exprimer. Il n'est pas du genre à dresser l'inventaire d'éventuels points communs, ni à poser des questions sur tout ou rien. Il est dans la lumière mais conserve un peu de mystère. Alors, il enfile ses vêtements devant Juliette, qui contemple quelques secondes encore le grain de sa peau. Au salon, elle termine sa tasse de café tandis qu'il noue les lacets de ses vieilles baskets. Ils partagent un moment du quotidien qui ne leur est pas quotidien. Ils ressemblent à un couple qui n'en est pas vraiment un. Du moins, pas encore.

— J'ai pas trop le temps de rester.
— Tu veux un autre café avant de partir ?

— Non, je voudrais aller voter avant qu'il y ait trop de monde.

— Oui, c'est vrai, moi aussi.

Il est sur le départ. Elle tente de le retenir. Il s'en veut de partir si vite. Elle ne veut pas le monopoliser ni passer pour une hystérique. Il se demande si elle verra un autre gars bientôt. Elle suppose qu'il est capable de faire du charme à une fille différente tous les samedis soir. C'est le moment fatidique, celui où l'on se salue et où l'on se promet des choses – qu'on tiendra sûrement, ou peut-être pas. Joachim réfléchit à ce qu'il serait bon de dire avant de passer la porte. Il n'ose pas – peur de se tromper, peur de se prendre un râteau ou un poteau.

— On va se revoir ?

Juliette prend les mots tels qu'ils lui parviennent. Elle garde son calme, même si, intérieurement, elle se sent aussi bucolique qu'une fille se roulant nue dans un champ de pâquerettes, de l'herbe sauvage se mêlant à ses cheveux et à sa toison intime.

— Oui… pourquoi pas.

— Quand ?

— Ce soir ?

— Alors viens chez moi. On regardera les résultats de l'élection présidentielle.

Joachim se pince les lèvres. Il s'en veut d'avoir répondu ça. Ce n'est pas romantique, ce n'est pas ce qu'a envie d'entendre une femme, a fortiori une femme qu'on a envie de revoir. On ne flirte pas devant une soirée électorale, la politique et les sentiments ne font pas bon ménage. Il pourrait se rattraper, préciser qu'il sait faire le mojito avec du rhum, de la glace pilée, des feuilles de menthe et du citron vert. Elle est chouette, cette fille, elle n'a pas une once de méchanceté. Ce n'est ni une allumeuse ni une sadique, pas le genre à le larguer en direct à la télé. Elle a des seins petits mais ils sont jolis, tout frais, des coussinets d'amour. Et Juliette veut le revoir, ce type. Il est sensible, un peu timide, il se cache sous une cuirasse athlétique. Il n'est pas aussi brusque qu'on pourrait l'imaginer. En plus, il caresse bien et il ne l'a pas bassinée avec son ex toute la soirée.

— Bon… j'y vais.

— Oui… À ce soir, alors.

Elle connaît son signe astrologique mais pas ses opinions politiques. Et même s'ils ne votent pas pour le même candidat et qu'ils finissent par se disputer devant la télé, elle a envie de lui. C'est l'instant de se dire au revoir, de se tourner le dos ou de s'embrasser. Joachim ne hume pas son haleine dans le creux de sa main car ce n'est pas discret, mais il sent bien qu'elle est chargée de café. Juliette frotte son palais avec sa langue, s'assure que rien ne viendra obstruer un baiser. En même temps, on a rarement un bout de melon ou de nem coincé dans les dents si tôt le matin. En petite culotte, elle entrouvre le battant. Il faut que ça vienne de lui ; après tout, c'est lui qui a précisé qu'il devait s'en aller, qu'il avait fort à faire, un devoir politique, un truc pas sentimental du tout. Et finalement, quand Joachim passe la porte, il se retourne vers Juliette, s'incline avec nonchalance et pose ses lèvres chaudes sur les siennes. C'est l'instant où elle s'offre à lui et se pique à son menton, où elle aspire le goût caféiné de son souffle.

Deux éclopés de l'amour se réconcilient en douceur avec le sexe opposé, juste après le café du matin, juste avant d'aller accomplir leur devoir de citoyen. Ils s'embrassent tendrement avant le grand changement.

Juliette sent bien qu'il y aura un avant et un après. Elle ne s'est jamais sentie aussi belle. Elle a plus de trente ans, pas de mari, pas d'enfant, et une décharge électrique dans la colonne vertébrale. Jusqu'à présent, tout va bien.

52

En rentrant du footing, Ben reprend son souffle dans l'escalier. Il n'ira plus courir dans un square à Paris. Croire qu'un espace vert vous transportera en pleine forêt ardéchoise est une illusion. C'était plus fort que lui, il avait besoin de transpirer, de cracher ses poumons, d'évacuer le mauvais stress. Ce n'est pas que la semaine soit plus difficile qu'une autre ; c'est ce carrefour, ce moment de grand changement vers lequel tout le monde se tourne, en lequel on croit vraiment. Et si finalement ce grand changement était comme un square parisien, une illusion ?

Ben a avalé l'air chaud de la pollution, la poussière, les bruits de klaxon, il a croisé des gens qui se dirigeaient vers les bureaux de vote, il a aspiré tout ça.

Au fur et à mesure qu'il gravit les marches, il complète son entraînement sportif et renforce les muscles de ses cuisses, ses meilleurs atouts pour aller de l'avant. Et là, sur le palier du quatrième étage, il surprend sa voisine en petite culotte, les yeux fermés, en train de donner un baiser de cinéma à un homme au large dos, dont elle caresse la nuque. Quand il se retourne pour s'en aller et que leurs regards se croisent, Ben croit halluciner. Il reconnaît clairement le flirt de sa voisine du dessous : c'est le beau brun sportif au monosourcil, celui qui s'est fait larguer en direct à la télé, qui piquait un sprint l'autre jour boulevard Magenta et qui était au comptoir du bar hier soir. Ben aime les hommes qui aiment les femmes qui aiment les hommes, avec une pilosité prononcée au-dessus des yeux. La voisine referme la porte à la sauvette, confuse d'avoir été surprise en petite culotte. Dans l'escalier, Ben se contente de regarder s'éloigner son fantasme masculin. Lui aussi, il voudrait un baiser de cinéma le dimanche matin, une promesse qui rend fou, une amourette en Technicolor.

Une fois arrivé au cinquième étage, son histoire d'amour a déjà pris fin. Chez lui, il retrouve son mec, torse nu, devant la fenêtre ouverte.

— Je me douche et je vais voter. Tu viens avec moi ?

Son mec ne répond pas. Il garde le visage tourné vers l'extérieur. Bras écartés, yeux clos, il se donne au meilleur amant du monde : le soleil.

53

Francine est allée voter. Elle a accompli son devoir de citoyenne issue de mère française et de père allemand. Elle est heureuse d'être née l'année où Édith Piaf a écrit « La vie en rose ». Francine ne refera pas l'histoire, mais elle fait partie de l'Histoire. À l'image de milliers de gens, elle est une enfant de la guerre qui n'avait pas conscience des choses mais qui en subissait la violence – une vie qui a démarré clopin-clopant. Et même si elle a manqué d'amour, même si sa mère n'a jamais su lui dire « Je t'aime », elle n'a pas été enfermée dans une cave ni tuée dans l'œuf.

Francine est heureuse aujourd'hui : elle a donné sa voix pour le grand changement.

Une rose à la main, elle marche sur le gravier, au milieu des tombes et des gerbes de fleurs. Elle avance tout droit, tête baissée, solennelle, dans le cimetière où sa mère est enterrée depuis longtemps déjà. Elle y vient rarement : deux fois dans l'année, pour la Toussaint et l'anniversaire de sa mère, elle y passe un coup de balai. Elles n'avaient pas de grandes discussions ensemble, n'étaient pas particulièrement complices. Francine était une enfant illégitime et c'est comme si elle devait toujours s'en excuser. Mais la vie est un accident, peu importe comment elle est arrivée, et si Francine tient sur ses jambes aujourd'hui, avançant sur la pelouse ou le gravier, c'est que la vie s'est chargée de la légitimer.

Elle arrive devant la tombe de sa mère. Ci-gît Micheline Poularmé. La maladie l'avait emportée et c'est seulement pendant les semaines ayant précédé sa mort que mère et fille s'étaient rapprochées. Elles avaient continué à ne pas beaucoup se parler, mais elles s'étaient tenu la main. Micheline souffrait, et pourtant elle n'arrivait pas à pleurer. Francine l'aidait à se lever, l'accompagnait aux toilettes, lui massait le dos et restait auprès d'elle, le soir. Elle n'avait jamais osé demander à voix haute à sa mère si elle avait éprouvé de l'amour pour elle ne serait-ce qu'une fois dans son existence ; elle lui chuchotait sa question pendant que Micheline était assoupie. Et puis, un après-midi d'automne, sa mère ne s'était pas réveillée. Elle était morte tranquillement, dans son lit, le visage tourné sur le côté, éclairé par une lumière fauve. Ses traits avaient cette expression sereine des personnes qui trouvent enfin le repos après avoir été harassées de fatigue. Francine avait beaucoup pleuré et déposé sur son front un baiser brûlant.

Une rose à la main devant la tombe, elle ferme les paupières. Il est peut-être trop tard pour lui parler, mais elle lui a apporté sa fleur préférée – elle l'avait entendue le dire un jour à une fleuriste. Micheline aimait les roses de toutes les couleurs, mais n'en achetait presque jamais. Francine se souvient de tout : les enfants de la guerre, les villageois méchants, les mères qui ne savent pas comment aimer, qui pleurent en cachette et estiment ne pas mériter de fleurs.

Francine n'a rien oublié, mais elle pardonne tout. Sur la pierre tombale, elle dépose la rose et dit à sa mère ce qu'elle n'a jamais su lui dire auparavant :

— Je t'aime, maman.

— Ta mère, elle chie dans la Meuse !
— Elle écartait les cuisses mieux que toi !
— Va te faire foutre !

Rue Saint-Denis, Juliette est surprise par un torrent de grossièretés. Un jour d'élections, ça se tire dans les pattes, ça se canarde, ça s'insulte de tous côtés. Elle a voté pour un nouveau président, en faveur du grand changement, même si pour elle le grand changement a déjà commencé, et il s'appelle Joachim. C'est beau, ce prénom, ça lui donne envie d'effeuiller une marguerite. Elle rentre chez elle, épanouie. Elle aurait envie de faire la roue sur le trottoir. Elle souhaite voir le monde en paix et en harmonie.

— Sale pute !
— Vieux moche !

Au loin, Juliette reconnaît la chevelure décolorée de sa copine Goldie et sa silhouette moulée dans sa robe lamée or préférée, un peu à la Marilyn. Elle est agrippée à son sac à main et s'énerve contre Johnny. Il porte une moustache, son éternel boléro en cuir marron et son T-shirt blanc qui vire au gris. Juliette parie qu'il pue encore le whisky. Il semble sur le point de décocher un coup de genou dans le ventre de Goldie. Il s'emporte facilement, et elle en a déjà fait les frais. Son visage est épargné parce que c'est la façade à présenter aux clients, mais, sous sa robe, elle cache souvent des ecchymoses.

— J'ai droit à des vacances !

— Tu veux pas une prime d'intéressement, tant que tu y es ?

Johnny est blafard, les traits tirés, les joues creuses, avec sa moustache de Gaulois qui semble terminer les fonds de bouteille, et deux dents en moins. Juliette vole au secours de son amie et s'interpose sur le trottoir. Elle n'a peur de rien.

— Elle veut quoi, la mijaurée ?

— On a prévu de partir en voyage toutes les deux.

— Je m'en bats les couilles.

— C'est juste une semaine, au bord de la Méditerranée.

— Une pute, ça reste sur le trottoir, ça va pas à la Croisette.

Le blanc des yeux de Johnny a viré au jaune, avec une pointe de rouge sang quand il est particulièrement agacé. Ses poings sont crispés au bout de ses avant-bras veineux. Juliette a le choix de se laisser intimider ou de résister. Sur le moment, elle regrette de ne pas avoir pris de cours de karaté ; le coup de pied face avec talon serait le bienvenu, le coup de genou porté à la tête aussi.

— J'pars en vacances, Johnny, je m'en fous si ça te plaît pas !

— Ferme ta gueule, la grosse !

— J'ai envie d'prendre l'air !

— Et à ton retour, il y en aura une autre à ta place !

Juliette a la moutarde qui lui monte au nez. Elle a plus de trente ans, les poings sur les hanches, aucune connaissance en arts martiaux, mais le cran d'une cat-cheuse ukrainienne.

— Je n'aime pas la façon dont vous parlez à mon amie, et aux femmes en général.

— Toi, la vendeuse de chaussures, tu te calmes ou tu vas te prendre une branlée.

— Parce qu'il faudrait avoir peur de vous ?

— Continue comme ça et je vais te déglinguer.

— Vous savez, je ne suis pas du genre à me laisser impressionner par le premier abruti qui claque des doigts.

Goldie est abasourdie. La pépette a mangé du lion. Johnny va perdre son sang-froid en pleine rue, si elle continue à le défier. Son haleine empestant l'eau-de-vie au niveau du nez de Juliette, le vilain maquereau renvoie à cette dernière l'image de Ton-ton Francis, sa crasse, ses relents de sueur et d'alcool macéré. Il n'est plus question de se laisser malmener, ni par lui ni par un autre. Juliette ne s'est jamais sen-tie aussi coriace et risque-tout. D'une main, elle pour-rait broyer les testicules de tous ces vieux saligauds. Elle fait face à Johnny, et elle est toutes les femmes réunies : Wonder Woman, Catherine Deneuve, et surtout elle-même.

— Casse-toi, pauvre conne !

— Oui, je m'en vais, et j'emmène Goldie avec moi.

Ses yeux ne cillent pas. Elle est prête à attraper ce sale bonhomme par les pieds et à le jeter contre le mur. Goldie se cramponne à son sac à bandoulière, elle aimerait s'échapper au coin d'un carrefour. Johnny, sans lâcher prise, postillonne à la figure de celle qui ose l'affronter sur son propre terrain.

— Suce-moi la bite !

Et c'est le mot de trop. Juliette craque et libère la catcheuse ukrainienne qui sommeille en elle, au nom de toutes les femmes bafouées, humiliées, instrumentalisées.

Comme quand elle avait quatorze ans devant Tonton Francis, elle refait le geste : son genou part en premier, s'engage violemment dans l'entrejambe du proxénète et lui éclate les testicules. Johnny hurle de douleur et se plie en deux.

— Salooope !

— Si tu t'en prends à Goldie, tu t'en prends à moi, c'est clair ?

— Je vais te saigner !

— S'il m'arrive quoi que ce soit, tu auras de sérieux ennuis. C'est clair, ça aussi ?

Goldie se réfugie derrière sa guerrière, son samouraï en jupe, son amie qu'elle n'a jamais vue aussi hardie. Elle toise son proxénète agenouillé par terre, qui tient à deux mains ses organes génitaux endommagés, comme un Gaulois émasculé. Le pauvre, il fait pitié. On dirait qu'il retient ses larmes pour ne pas pleurer.

— J'me casse, Johnny ! J'en ai marre de ta sale gueule de rat !

— Fous le camp, la vieille !

Juliette prend son amie par le bras. Elle la serre fort, lui montre qu'elle ne la lâchera pas, qu'elle ne l'abandonnera pas au milieu des drôles d'oiseaux de la rue Saint-Denis. Tous les chemins ne mènent pas à Rome, mais elles ne sont pas forcées de rester ici. Il faut saisir sa chance, et le grand changement c'est aussi valable pour Goldie, à présent.

— T'es incroyable, ma pépette !

— Et toi, t'es formidable ! Tu m'as présenté un mec qui met des coups de boule aux présentateurs de télé. Alors, moi, je mets des coups de genou aux maquereaux.

— Qu'est-ce que je vais devenir maintenant ?

— Une chic fille.

Sur le trottoir, Goldie verse une petite larme. C'est peut-être la plus jolie chose qu'on lui ait jamais dite. Elle a toujours eu du maquillage, une eau de toilette bon marché et des chansons populaires dans la tête pour se donner du courage, mais pas de belles paroles. Elle ne sait pas si elle peut y croire. Être une chic fille, ce doit être une sacrée responsabilité, une posture à tenir, des propos à déclarer, un podium sur lequel monter. Elle aimerait bien recevoir un jour un diadème et une gerbe de fleurs, juste pour savoir ce que ça fait.

Juliette l'emmène loin du trottoir, loin de Johnny qui roule dans le caniveau, loin de la fiente de pigeons et de toutes les salissures qui pourraient tacher sa jolie robe dorée. Elle mérite tellement mieux que d'être une Marilyn Monroe des bas quartiers !

Les deux amies s'en vont, bras dessus bras dessous, planifier leurs vacances, faire leurs valises. Elles

236

marchent côte à côte, sur le trottoir ensoleillé. Sur un panneau, les affiches des deux candidats à la présidentielle sont déchirées. On distingue un coin de leur visage, et quelques lettres de leur slogan.

— Je t'aime, ma pépette.

— Moi aussi.

Juliette n'en dit pas plus, mais ce « Moi aussi » est comme une bulle de savon qui s'envole dans les airs sans jamais éclater. Elle n'en dit pas davantage par extrême pudeur, par embarras, parce qu'elle ne sait pas dire « Je t'aime », parce qu'on ne lui a pas appris, parce que ça ne vient pas comme ça. Ce « Moi aussi » vient du cœur, le cœur d'une femme, d'une vendeuse de chaussures, d'une superhéroïne. Le cœur de Juliette, tout simplement.

55

Des bulles de savon s'élèvent dans les airs et éclatent sur son passage. Joachim presse le pas, au milieu des rires d'enfants. Trop de monde, trop de poussettes qui se télescopent, trop de spectateurs susceptibles de le reconnaître et de le courser pour un selfie.

Il était caché dans l'isoloir, à l'abri des regards. On ne voyait que ses mollets qui dépassaient de son bermuda. Il a glissé un bulletin dans l'enveloppe et, ni vu ni connu, il a voté.

Il sort du bâtiment public, les mains dans les poches. Il sait où il va.

En longeant la rue du Château-d'Eau, il tombe sur son frère, qui s'est décidé à sortir de chez lui. Paul-Arthur s'est fraîchement rasé pour ne pas ressembler à un étudiant négligé qui vit sous une lampe de bureau et se nourrit de barres de céréales et de yaourts au lait de soja. On lui donne cinq ans de moins, un petit ange.

— Je venais te voir, justement.
— Tu as voté ?
— Ouais...
— Moi, j'y vais, là.

Paul-Arthur tient à la main sa carte d'électeur. Joachim serre son poème dans la poche de son bermuda. Les rimes y somnolent encore, attendent d'être déclamées et de s'envoler haut.

— Fallait que je te parle.

— De quoi ?

— On va à l'hôpital demain pour faire des examens. Si je suis compatible, je te donne mon rein.

— Laisse tomber.

— Non ! Je laisse pas tomber.

De l'autre côté de la rue, dans le square, des enfants jouent et crient autour des balançoires. Les Parisiens flânent au soleil après avoir joué leur rôle d'électeurs. Le renouveau est dans l'air.

— Je te donne mon rein. J'ai réfléchi à tout ça. J'ai jamais été le grand frère idéal, mais bon…

Paul-Arthur a envie de poursuivre son chemin vers le bureau de vote, de refuser le rein de son frère et de le punir ainsi de son indifférence durant des années, mais il sait qu'au final c'est lui-même qu'il punirait. Alors il se tait et laisse Joachim lui raconter une drôle d'histoire, un moment de sa vie qu'il ignorait et qui s'avère relever de leur histoire commune.

— Quand maman est tombée enceinte, elle m'a dit que j'allais avoir un petit frère qu'on appellerait Paul-Arthur, que ça venait du latin *paulus* et du celte *arzh*, que ça voulait dire « petit ours ». C'était joli, je trouvais ça bien de t'appeler comme ça, et je disais à l'école que j'allais avoir un petit ours en vrai. Quand t'es né, on est venus te voir à la maternité. T'avais des petits cheveux et tu dormais dans ton berceau, t'étais tout beau. Ton père était fier et maman était heureuse, et moi aussi j'étais content. Et puis, à l'école, on a dû écrire un poème de dix lignes ; moi, j'étais pas bon en écriture, alors j'en ai fait que quatre, et j'ai pas eu une bonne note, mais je l'ai écrit en pensant à toi.

Paul-Arthur fait silence. Il est émerveillé de ce qu'il entend. Il baigne dans un lait de tendresse et d'affection, ce moment de la petite enfance qui a incité son frère à écrire pour lui des vers, peut-être de beaux alexandrins. Joachim sort la feuille de papier de la poche de son bermuda et la déplie. Il lui lit son poème sur le trottoir.

Dans la paume de ma main, du miel,
Approche, petit ours,
Lève tes yeux plus haut vers le ciel,
Et brille la Grande Ourse.

Puis il replie le feuillet et le range. Les mots passent, telles des bulles de savon. Paul-Arthur en a lu, des textes, des récits, des élégies de Lamartine, Baudelaire, Verlaine et Rimbaud, bien sûr. Il a ses exigences et ses aspirations. Il ne retient que les chefs-d'œuvre, tout ce qui le révolutionne, foudroie son esprit, lui permet de s'émouvoir et de s'élever.

— Voilà, c'est tout, j'avais fait que quatre lignes.

— Merci.

— C'était difficile pour moi à la maison. Je vivais mal le divorce de maman, mon père s'occupait pas de moi et je m'entendais pas avec le tien…

— Il est très beau, ton poème.

— Arrête, c'est nul !

— Non, au contraire.

— Toi, t'as lu plein de livres de poésie.

— C'est vrai, mais je ne connaissais pas celle de Joachim.

Les deux frères ne s'évitent pas. Ils se regardent droit dans les yeux mais ne savent pas quoi se dire. Ce n'est pas de la froideur ni du désintérêt, ils ont envie de se prendre réciproquement dans les bras, mais ils ne l'ont jamais fait auparavant. Depuis le square, on entend toujours des rires d'enfants. Des bulles de savon viennent éclater sur le polo rouge de Joachim, et Paul-Arthur trouve ça beau.

— Je te donne mon rein, y a pas à discuter.

— Et si on n'est pas compatibles ?

— C'est pas en restant ici qu'on le saura.

En ce dimanche après-midi, en ce jour d'élection, l'important c'est de donner – donner sa voix, donner un rein. Et telle une bulle de savon, Paul-Arthur vient s'échouer sur le polo rouge de Joachim. Aucun discours, aucune larme, pas de remerciement les yeux levés au ciel, juste une franche accolade, des bras qui l'entourent dans une embrassade fraternelle, des bras qui parlent pour lui et qui disent : « Tu m'as manqué. » Joachim ne fronce pas le monosourcil, car il ne s'interroge pas, il ne doute pas, il sait et il a toujours su. Lentement, sans rien dire non plus, il serre Paul-Arthur dans ses bras, son petit ours.

Deux frères qui n'ont pas le même père, qui n'ont pas lu les mêmes livres, et qui ne savent pas toujours se dire « Je t'aime », finissent un jour par se serrer dans les bras au milieu des bulles de savon.

56

Ben est resté longtemps planté devant les bulletins de vote. Il a entendu le bourdonnement des citoyens venus nombreux pour désigner un chef de l'État, quelqu'un susceptible d'améliorer leur vie au quotidien, de garantir à chacun du pouvoir d'achat, la sécurité en bas de chez lui, quelqu'un de bien, forcément. Mais si Ben est un irrésolu parmi des millions, il est quand même venu voter. Aujourd'hui, il a voté blanc, expression de son opinion, de son égarement, de son insatisfaction. Il n'est pas resté à l'écart. Il a quand même mis son bulletin dans l'urne.

En rentrant chez lui, il a envie de serrer son mec dans ses bras, une dernière fois, mais l'autre lui tourne le dos, face à la fenêtre. Il embrasse le ciel et se vautre dans le dédain. La situation empire depuis des mois, autant abréger les choses. Ben s'approche lentement, comme dans un cortège funèbre.

— Il faut que je te parle.

L'autre ne se retourne pas. Il reste debout, replié en lui-même, complètement inaccessible. Ben lui laisse encore un instant de répit, une chance de réagir – un œil larmoyant pourrait lui faire regretter ces adieux.

— Regarde-moi, j'ai un truc à te dire.

L'autre refuse le dialogue. Il se tient immobile, comme un animal empaillé. Et c'est la ritournelle discoïde drôlement gaie des Bee Gees qui vient désamorcer la tristesse régnant dans l'appartement. La mère de Ben est en bas. Il avait complètement oublié qu'elle devait passer le voir. Puisqu'il ne va pas à la porte de Bagnolet, la porte de Bagnolet est venue à lui.

— Allô, c'est maman !

— T'es déjà là ?

— Je peux monter ?

— Oui, viens !

Tout heureuse de retrouver son fils, Francine a déjà raccroché. Elle lui a apporté des gougères au fromage, elle sait qu'il adore ça. Elle vérifie son brushing à l'aide de son miroir de poche et entre dans l'immeuble.

Au cinquième étage, Ben se retrouve seul. Son mec a disparu, déguerpi en moins de deux, alerté par l'arrivée de la belle-mère. Il lui fait faux bond. Ben le cherche au salon, dans la chambre, il parcourt l'appartement, en vain. Ce n'est pourtant pas si grand. Sous le lit, pas vu ; dans la penderie, non plus. C'est ridicule de se cacher comme ça devant sa mère, elle a toujours été aimable avec lui, le considère comme un second fils. Ben l'appelle, mais l'autre ne répond pas : il est vraiment devenu sauvage, asocial.

On frappe à la porte. Ben ouvre à sa mère, content de la revoir, désolé que l'autre joue à cache-cache.

Francine n'a pas encore franchi le seuil que déjà elle s'inquiète, le trouve fatigué, et toujours cet air triste.

— Oh toi ! Tu as une petite mine.

— J'ai des insomnies.

Un pas en avant, Francine pénètre dans l'appartement et embrasse son fils. Deux bises, Ben n'aime pas qu'on le serre dans les bras. Elle observe cet endroit dans lequel elle n'est pas venue depuis longtemps – depuis un an, depuis le drame. Elle en a des frissons. Rien n'a changé, tout est resté en place, même les photos au mur de son fils et de son compagnon, les photos de leurs vacances en Croatie : attablés devant du poisson grillé, ils avaient l'air heureux.

— Tu ne les as pas enlevées ?

— Non. Pourquoi je ferais ça ?

— Je ne sais pas, ça t'aiderait…

— À quoi ?

Ben s'appuie au mur et pousse un soupir qui sent la plainte. Il voudrait déjà que sa mère s'en aille. Il n'aime pas qu'on lui dise ce qu'il doit faire, ni être obligé d'écouter que c'est pour son bien. Il n'aime pas qu'on étale sa pitié devant lui comme une nappe de pique-nique. Il n'a pas besoin de ça.

— T'es venue pour quoi, au juste ?

— Sois gentil avec ta mère. Ça fait deux mois qu'on ne t'a pas vu à la maison, et au téléphone tu n'as jamais rien à me raconter. Maintenant, si je t'embête, je peux m'en aller.

— Mais non !

Francine jette un dernier coup d'œil aux photos sur le mur. Elle frémit. Dans ses mains elle tient un sachet de gougères au fromage maison et une bouteille de vin blanc qu'elle va déposer sur la table de la cuisine. Elle sait comment régaler son fils. Elle laisse traîner son sac à main sur une chaise, s'installe, fait comme chez elle.

— On s'ouvre la bouteille ? C'est bientôt l'heure de l'apéro.

— Si tu veux…

Ben sort deux verres à pied mais reste muré dans le silence. Francine regarde autour d'elle. L'appartement est négligé, il manque de propreté et sent le renfermé. C'est le logis de son fils, alors, forcément, ça lui fait de la peine. Une maman, ça se fait du souci facilement, et il lui apparaît clairement que pour Ben ce n'est pas la grande forme.

— Alors, comment tu vas ?

— Ça va…

— Tu es sûr ?

— Oui, puisque je te le dis.

— Regarde-moi, Ben. Je peux comprendre beaucoup de choses et le cœur d'une maman peut tout entendre. Alors, dis-moi vraiment comment tu vas.

— J'ai voté blanc, si c'est ce que tu veux savoir.

— La France te remercie, mais moi, ta mère, je veux savoir comment tu vas.

La question est simple mais Francine ne se contentera pas d'une réponse lapidaire. Ben s'assoit en face d'elle dans la cuisine et ne sait pas quoi lui raconter, parce que, de toute évidence, ça ne va pas fort. Il prend une gorgée de vin blanc pour trouver le courage de parler vrai, même si la vérité résonne en lui comme un effet Larsen.

— Parfois, je regarde les photos au mur et ça me fait sourire. On aimait tellement partir en voyage, on avait prévu d'aller au Costa Rica. C'est difficile, maintenant, sans lui. Parfois je lui parle, je crois qu'il est toujours là, et forcément il ne répond pas. Je n'ai pas foutu ses vêtements à la poubelle, ça je n'y arrive pas…

Ben cherche ses mots, mais il ne sait plus quoi dire et il baisse la tête. Il a le choix de retenir ses larmes ou de lâcher prise. Il attend que ça vienne, que les sanglots se mêlent au vin blanc. Francine ne le serre pas dans ses bras, elle ne le contrarie pas puisqu'il n'aime pas ça, mais elle lui prend la main, comme il y a un an, après l'accident.

Ce jour-là, elle avait reçu un coup de fil de Ben, une mauvaise nouvelle, c'était horrible. Avec son mari, elle était partie en urgence chez lui, il fallait faire vite. Ils avaient pris la voiture et avaient eu du mal à se garer. À leur arrivée rue Saint-Denis, les secours étaient déjà repartis, mais sur le trottoir les prosti-tuées étaient choquées. C'est l'une d'elles qui avait trouvé le corps, une blonde avec une grosse ceinture dorée – on aurait dit une caissière de fête foraine. Elle parlait fort avec d'autres filles, elle disait : « Le pauvre gars, il s'est étalé comme une crêpe ! » Quelque chose s'était produit, mais ce n'était pas un accident. Sur les pavés, dans la cour, une flaque de sang. Il n'y avait jamais eu de gardien dans l'immeuble, personne pour nettoyer. « Ah non, moi j'suis pute, pas femme de ménage ! » Francine et son mari étaient montés chez Ben. La porte était entrouverte, leur fils était assis sur le canapé, immobile. Il s'était tourné vers eux et avait dit froidement : « Il s'est jeté par la fenêtre. » Tout était resté figé pendant quelques instants. Ce n'était plus la peine de courir.

On ne met pas fin à ses jours pour une seule raison. Son copain était dépressif depuis longtemps. Il ne gérait plus sa vie ni ses émotions, malgré le soutien de Ben. Il avait décidé de se prendre en main une dernière fois et de mettre un terme à ses jours, et il était passé à l'acte. Il avait franchi la rambarde et sauté du cinquième étage en laissant derrière lui le post-it de Ben collé sur la table de la cuisine : « Je t'aime ». Un amour envolé.

— Pourquoi tu ne déménages pas ?

— Ça ne changerait rien.

— Ce n'est pas bon de rester entre ces murs.

— J'ai du mal à me débarrasser de ses affaires, à démonter les meubles, à défaire ce qu'on avait fait ensemble.

— Je t'aiderai, et ton père aussi.

Ben parcourt du regard les murs de l'appartement. Il n'est plus certain que son mec trempe son croissant dans le café le matin, ni qu'il se prélasse l'après-midi dans un bain ou s'endorme devant la télé. Ben doute soudain. Il vit seul, il n'y a personne d'autre ici. C'est la seule certitude.

— Et si on mangeait les gougères devant la télé ?

— Bonne idée, maman.

— Ça ne te dérange pas ?

— Bien sûr que non.

— Parce qu'ils vont bientôt annoncer les résultats.

Ils improvisent un apéritif devant la soirée télévisée électorale. Francine apporte les gougères enveloppées dans du papier aluminium, Ben la suit avec les verres et la bouteille de vin. Il la retrouve sur le canapé en train de pianoter sur la télécommande. Sa mère, comme une poule qui a trouvé un couteau, ne sait jamais comment allumer la télévision.

— Laisse-moi faire.

— Merci, mon chéri.

— Non, maman, merci à toi. Merci pour les gougères.

— Tu as toujours adoré la pâte à choux.

— Et merci d'être là.

— Alors, on ira ensemble à la Gay Pride ?

— Maman !

— C'est important pour faire changer les mentalités, et moi je suis fière de toi, j'ai envie d'aller marcher dans la rue avec mon fils et plein de gens heureux. C'est une manifestation, ce n'est que du bonheur, et c'est fondamental, le bonheur ! Je me suis battue, moi, pour y arriver !

— D'accord ! Ok ! Mais il y a combien d'homos qui vont à la Gay Pride avec leur mère ?

— Seulement les plus chanceux.

Francine trinque avec son fils et avale une gorgée de vin blanc. Elle lui raconte la vie de ces derniers jours, comment la voisine est morte, comment ils ont adopté un chien – ce serait bien qu'il puisse garder Nina quand elle partira en Floride avec Henri. Elle lui raconte des choses du quotidien, des petits riens. Ben l'écoute attentivement, ne se retourne pas vers l'obscurité du couloir, ne guette la venue de personne, puisqu'il n'y a que sa mère et lui ici. Il ne s'imagine rien, il se concentre sur l'instant présent et sur le résultat des élections. Ce soir, c'est le grand changement, et Francine veut partager ce moment avec lui.

Entre deux gorgées de vin blanc, le visage du nouveau président apparaît à la télé avec un pourcentage assez bas. Un chiffre qui indique la cote d'amour que lui prête le peuple, un chiffre qui prouve que ça s'est joué serré.

Épilogue

Les fanfares ont fait retentir les cuivres. La cérémonie d'investiture a duré toute la journée, et l'on a assisté à des parades, des hommages militaires, des discours humanistes. L'ancien et le nouveau présidents se sont entretenus un moment avant la passation de pouvoir. Ils ont dû manger des petits-fours et boire du champagne. Puis le nouveau président s'est retrouvé sur le perron de l'Élysée, couronné de gloire. Au son du clairon, il a levé son visage vers le ciel, statufié dans la lumière crue, goûtant l'extase de la victoire, avec dans les yeux un flot de promesses et d'engagements à tenir. Plus d'un téléspectateur scotché devant son écran de télévision a dû se dire : « Maintenant, mon vieux, t'es pas dans la merde ! »

À la fin de l'été, Francine part en Floride avec son mari pour une lune de miel post-retraite. Ils vont prendre la route, emprunter les ponts suspendus au-dessus de l'océan. Francine a déjà la tête dans le bleu. Elle fait l'inventaire de ce qu'elle aurait pu oublier. Quelque chose la chiffonne. De son côté, Henri finit de charger les bagages dans le coffre du taxi stationné devant chez eux.

— Tu viens, ma chérie ?

— Attends une minute, je ne sais plus où j'ai mis mon passeport.

— Ne t'inquiète pas, c'est moi qui garde nos papiers dans ma sacoche, avec les billets d'avion.

— Ah, tant mieux !

Francine est soulagée, elle peut partir tranquille. Elle a mis dans son sac à main une photo de Ben et un paquet de mouchoirs à l'eucalyptus, au cas où elle s'enrhumerait dans l'avion. Ce qui lui fait penser qu'elle devrait aussi prendre des cachets antispasmodiques, parce qu'on n'est jamais à l'abri de brûlures d'estomac, avec la nourriture des plateaux-repas. Il paraît même qu'ils servent des brownies en polystyrène.

— Bon, alors tu viens, ma chérie ?

— Oui, oui, j'arrive !

Francine referme à clé la porte de la maison, avec l'impression diffuse d'avoir oublié quelque chose. Elle réfléchit vite parce qu'une fois en chemin pour l'aéroport, il sera trop tard pour faire demi-tour. Devant son mari qui patiente, déjà assis dans le taxi, elle a une illumination.

— Ça y est, je sais ce que j'ai oublié !

— Quoi encore ?

— Le paquet de croquettes pour Nina.

— M'enfin ! Benjamin saura bien se débrouiller.

Francine repart en courant. À l'intérieur, tout est propre, rangé, avec un petit mot sur la table pour son fils. Elle pose le paquet de croquettes bien en évidence sur la table de la cuisine. Là, il ne peut pas le louper. Une petite caresse à la chienne au passage, et la voilà sur le départ. Le chauffeur de taxi ne s'impatiente pas, son compteur tourne, ce qui a le don d'agacer Henri.

— Ça y est ? On peut y aller maintenant ?

— C'est bon !

— Si jamais tu te poses la question, c'est moi qui ai fermé le gaz.

— Tu es parfait.

— Je sais, je mérite une médaille.

Francine prend place dans la voiture et s'apprête à refermer la portière lorsque soudain elle se tétanise sur le siège.

— Une médaille ? Oh non ! J'ai oublié ma médaille !

Elle ressort du taxi. Le cliquetis des clés dans la serrure intrigue Nina, qui ne comprend pas tous ces va-et-vient. Francine monte l'escalier jusqu'à sa chambre et ouvre le tiroir de la commode. D'un coffret en velours, elle extrait une médaille en argent représentant une tête d'ange. C'est un cadeau de sa mère, le dernier qu'elle lui ait fait avant sa mort, les yeux humides, peinant à trouver ses mots – un héritage sacré qui lui porterait bonheur toute son existence. Francine la serre fort entre ses doigts, car elle appréhende un peu de prendre l'avion. Elle referme enfin la porte de la maison, certaine cette fois d'être prête pour ce beau voyage.

— Bon, alors tu veux nous faire rater l'avion ?

— J'arrive !

— Tu te fais désirer.

— Oui, comme les princesses.

Francine prend la main de son mari dans le taxi ; de l'autre, elle serre toujours la médaille de sa mère.

Les rues défilent, porte de Bagnolet, avant que le taxi s'engage sur l'autoroute menant à l'aéroport. Henri espère qu'il n'y aura pas de bouchons, mais Francine s'en fiche. Elle est heureuse dans ce taxi avec lui, même si Paris paraît bien grise sur le trajet. Paris, tu l'aimes ou tu la quittes. Certains, comme Francine, décident de s'absenter quelques semaines pour traverser l'Atlantique. À son retour, ce sera l'automne. Elle plantera des jacinthes dans son jardin.

Au-delà des rues trône toujours une gare. Gare de Lyon, Juliette est collée à la vitre du wagon. Du bout des doigts elle envoie un dernier baiser à Joachim, resté sur le quai, en maillot de handball et baskets usées, avec son monosourcil. Une main dans le dos, l'autre en l'air, il lui fait coucou. Elle le trouve beau. Il va lui manquer. Elle le reverra dans trois jours, à son retour du Midi. Juliette prend le train avec Goldie pour un week-end entre filles, afin de fêter ensemble un nouveau départ.

Juliette ne pouvait plus continuer à vendre des chaussures de marque allemande, du moins ce qu'il restait du stock après le début d'incendie provoqué par madame Claudine. La pyromane aux cheveux blancs n'était jamais revenue. Il paraît qu'elle se reposait dans un centre spécialisé où des hommes en blanc veillaient sur elle et lui distribuaient chaque jour des petits cachets. Le chef de rayon avait rejoint Juliette sur son stand calciné pour lui faire une proposition en or : il l'avait promue chef de stand pour un nouveau produit. Chef de stand, l'eldorado, un job à la hauteur de ses compétences qui valorisait son

BTS management des unités commerciales ! Juliette en avait décollé sur place. Un amoureux, un nouveau poste, trop de bonheur arrivait en même temps ! Elle se voyait déjà diriger un stand de prêt-à-porter, présenter aux dames des jupes plissées, des pulls en cachemire, des redingotes en laine mélangée...

En fait non, il s'agit d'un tout autre produit. Elle a été promue chef de stand au rayon bricolage. Elle vend des scies à métaux et des tournevis toute la journée. C'est elle qui dit : « Cette ponceuse à bois est très performante, avec la combinaison de ses mouvements rotatifs et oscillatoires. » Un clin d'œil, et le client est conquis. Ce n'est pas le poste dont elle rêvait, mais elle est chef de stand – c'est le Graal, l'aboutissement.

Elle aurait bien aimé fonctionner en binôme avec Goldie, car elle a réussi à la faire engager au rayon maquillage du grand magasin. Impossible de trouver meilleure experte. La responsable des ressources humaines était quelque peu sceptique, au départ, ne sachant pas si l'amie de Juliette avait des compétences dans le domaine de la vente, mais Goldie a su se défendre toute seule au cours de l'entretien d'embauche. Elle a précisé qu'elle avait œuvré dans le commerce de bouche des années durant, qu'elle avait dû faire face à une clientèle toujours plus insatiable, et qu'elle souhaitait désormais se mettre au service de l'excellence de l'établissement, dont elle s'engageait à suivre les exigences. La responsable des ressources humaines a été enchantée. Aujourd'hui, sous la coupole illuminée, Goldie vend des rouges à lèvres et du fard à paupières à des femmes en détresse qui

255

redoutent de ne plus être affriolantes, passé cinquante ans. Goldie est leur bon Samaritain. Elle qui n'a jamais été une pute de luxe, elle a l'impression de s'approcher de ce statut sous les lumières scintillantes du grand magasin.

— En route pour la Méditerranée, ma pépette ! Dis au revoir à ton fiancé !

— Oh mon Dieu, qu'est-ce que je l'aime !

Le train démarre et Juliette pose ses lèvres sur la vitre. Joachim court sur le quai pour capturer son image quelques instants encore. Dans trois jours, elle retrouvera ses bras et l'odeur de sa peau, un refuge qu'elle n'a pas quitté de l'été, et c'est bien parti pour durer. Joachim et Juliette, c'est sa romance, sa comédie romantique. Elle vit le bonheur de se réveiller auprès de lui, même s'il laisse traîner des chaussettes au pied du lit. Le café du matin, c'est elle qui s'en occupe, il a du mal à se lever. C'est un détail, presque rien.

— Tiens, ma pépette, j'ai préparé des sandwichs au fromage.

— Oh merci ! T'es une sœur.

— J'suis contente d'aller à la mer.

Le train s'éloigne de la capitale et accélère. Juliette, le nez à la fenêtre, n'ose pas faire de la buée pour y dessiner un cœur. Il y a un âge pour tout et elle a plus de trente ans.

Paris est déjà loin derrière elles, la ville se fait oublier mais pas complètement. Paris, tu l'aimes ou tu la quittes. Certains, comme Juliette, choisissent de prendre les rails et d'aller respirer l'air marin quelques jours.

Joachim rejoint la base nautique de la Villette afin de s'embarquer dans une galère avec son frère : une vraie galère, un canoë. Il initie Paul-Arthur à l'aviron, son nouveau sport de prédilection. Des galères en tout genre, il en a connu, mais il en est toujours sorti conquérant, même s'il lui a fallu des points de suture et un gros pansement. Deux frères qui ont la même mère mais pas le même père se réveillent un jour à l'hôpital dans des lits jumeaux. Deux frères qui n'avaient rien en commun se partagent désormais une paire de reins, preuve que l'on peut traverser des galères ensemble et que rien n'empêche de pratiquer l'aviron.

Joachim longe le canal de l'Ourcq, avec l'impression d'être suivi. Sa célébrité n'a pas résisté à la fin de l'été ; voilà bien longtemps qu'il n'a pas eu à esquiver les assauts d'une étudiante en pleine ovulation. Il s'arrête et se retourne vivement. Un homme, boudiné dans sa chemise cintrée et son jean slim, lui colle aux baskets.

— C'est pas bientôt fini de me suivre ?

— Excusez-moi… C'est bien vous qui êtes passé à la télé ?

— Non.

— Mais si ! Le coup de boule ! Je suis sûr que c'est vous !

— Je vois pas de quoi vous parlez.

— Je suis directeur de casting et je cherche un mec sportif et velu pour une pub pour de la mousse à raser.

Joachim se tait, impassible. Il ne joue pas à la star de télé-réalité. Lui, ce qu'il veut, c'est rester anonyme, ne pas avoir ses vieilles voisines qui frappent chez lui pour faire un selfie. Il fixe l'horizon derrière l'homme boudiné.

— Vous êtes le mec qu'il nous faut !

— C'est gentil, mais non.

— Vous avez une gueule de cinéma !

— N'insistez pas.

— C'est pour une pub télé avec des affiches placardées partout à Paris, à Berlin, même à Times Square…

Le directeur de casting n'a pas le temps de finir sa phrase, Joachim a déjà décampé. Il court le long de la berge. D'abord les vieilles dames, ensuite les adolescentes, maintenant les publicitaires… Ainsi va le succès. Le coup de boule à la télé ne restera pas, mais le monosourcil peut devenir sa marque de fabrique. Joachim est générateur de tendance, même s'il s'en fout royalement.

Il retrouve Paul-Arthur qui l'attend, en short et maillot de sport, près du canoë, tout sourire, plein de vie. Ensemble ils vont ramer en synergie, avancer à la force de leurs bras. Les deux frères ont trouvé leur rythme, leur équilibre, avec un souffle cadencé et un rein en moins. Ils sont heureux d'embarquer dans la même galère. Paris, tu l'aimes ou tu la quittes, même si parfois ce n'est pas la destination qui compte mais le chemin qu'on prend. Certains, comme Joachim, oublient les trottoirs et décident de suivre les cours d'eau.

Les portes du camion se referment et Ben constate que toute sa vie tient dans neuf mètres cubes. C'est flippant et drôle à la fois. Tout se comprime, tout se compacte, un peu comme les photos que l'on regroupe dans un album qu'on n'ouvrira peut-être plus jamais. Il contemple une dernière fois la façade de son immeuble rue Saint-Denis. Des pigeons volettent et se posent sur les rebords de fenêtres. Aujourd'hui, il déménage.

Tout s'est accéléré lors de la Gay Pride, au début de l'été. Alors qu'il déambulait dans les rues de la capitale, il a retrouvé des copains qu'il n'avait pas revus depuis longtemps. « Salut, ça roule ma poule ? – Quoi de neuf ? – Ah cool ! Ta mère est là ! » Ben a ainsi renoué avec des amis qui se révèlent accessoirement bons déménageurs. Ils ont descendu des cartons remplis de livres et de vaisselle, des chaises empilées, un sommier à lattes, une machine à laver, un réfrigérateur qu'il ne faut pas pencher, et ils ont encore de l'énergie à disposition. Alors Ben leur a donné rendez-vous à sa prochaine adresse, toujours plus haut dans les étages, toujours pas d'ascenseur. Les vrais amis sont ceux qu'on a plaisir à retrouver, même des mois ou des années après. Les vrais amis sont ceux qui vous aident à déménager. Et ce soir, quand ce sera terminé, on installera le canapé contre le mur, on ira chercher des pizzas et des bouteilles de rosé, on trinquera à cette nouvelle vie au milieu des cartons. La musique va pulser mais pas trop fort non plus ; à peine arrivé, il ne s'agit pas de se faire mal voir du voisinage.

Ben prend le volant du camion. Il démarre et vérifie les rétroviseurs. Cette fois c'est parti, il quitte définitivement la rue Saint-Denis, son passé, sa tragédie.

Une boulangerie exhale une odeur de pain chaud et une nouvelle cave à vin ouvre ses portes. Le camion remonte vers le boulevard Magenta et rejoint Barbès, où la circulation ralentit, comme toujours. Les plus chanceux sont les vélos qui slaloment entre les véhicules. À Paris, c'est souvent le bazar pour circuler. Ben n'est pas pressé. Il arrivera bientôt dans son nouvel appartement, près du canal de l'Ourcq. Il s'imagine déjà courant le long des berges le dimanche matin, quand les rameurs font de l'aviron sur le bassin.

Un type klaxonne derrière lui. Le Parisien n'est pas réputé pour sa patience. Un des amis de Ben, assis sur le siège passager, lui fait un doigt d'honneur par la vitre ouverte. Il porte un T-shirt sans manches et un tatouage. Il est prêt à boxer. Le Parisien n'est pas réputé pour son amabilité.

Dans le rétroviseur, Ben remarque la file de voitures et les bâtiments qui s'élèvent vers le ciel. Paris, tu l'aimes ou tu la quittes, mais parfois, pour changer de décor, certains – comme Ben – choisissent de changer simplement d'arrondissement. Ça insuffle un regain de vie. Il ne va pas quitter sa ville, ses tumultes, ses espérances qui s'écoulent avec un filet d'eau dans le caniveau. Ben observe Paris en train de s'agiter. Il est venu au monde ici, elle l'a vu grandir dans ses rues, elle était là dès les premiers jours. Et au commencement était le rêve.

REMERCIEMENTS

Je voudrais remercier les femmes, car on ne les gratifie jamais assez.

Merci à Johanne, Amy et Chloé, pour avoir donné leur attention à cet ouvrage et un peu de leur sensibilité ;

à mon éditrice, Anne, et son équipe formidable : Sophie, Anne-Sophie, Mathilde, Fanny, Yasmina, Assia, Virginie, pour me prendre sous leurs ailes et m'accompagner dans cette belle aventure.

Je voudrais aussi remercier les hommes, car il ne faut pas les oublier.

Merci à Thierry, Fabien et Benjamin, pour leurs encouragements et leur soutien, à Stephen pour ses conseils et son appui solide, au Dr Lemoine, qui m'a autorisé à utiliser sa thèse sur l'étude du rayonnement thermique et de lasers à cascade quantique dans l'infrarouge par microscopie optique en champ proche à pointe diffusante (j'ai presque tout compris).

PAPIER À BASE DE FIBRES CERTIFIÉES

Le Livre de Poche s'engage pour l'environnement en réduisant l'empreinte carbone de ses livres. Celle de cet exemplaire est de :
250 g éq. CO$_2$
Rendez-vous sur www.livredepoche-durable.fr

Composition réalisée par PCA

Imprimé en France par CPI
en février 2018
N° d'impression : 3027435
Dépôt légal 1re publication : avril 2018
LIBRAIRIE GÉNÉRALE FRANÇAISE
21, rue du Montparnasse - 75298 Paris Cedex 06

16/4858/1